서울에서　도망칠 용기

서울에서

도망칠 용기

조하나 지음

느린
서재

2부 나만의 위도를 찾아서

삶의 시간을 대부분, 누군가의 마음에 들기 위해 썼다. 기대하고, 어긋나고, 실망하고, 좌절하고, 방황하는 여정은 끊임없다. 물에서 말라가는 아가미로 헐떡이는 물고기처럼 애처롭게 서울살이를 버텼다. 늘 반사적으로 "괜찮다"고 했지만 사실 하나도 괜찮지 않았다. 나는 나를 잘 몰랐다.

자괴감과 무력감에 사로잡힌 나는 한국에서 잘 다니던 패션 잡지사를 그만두고 태국 남동부 작은 외딴섬으로 숨어들었다. 왜 나는 한국에서 살아남지 못하고 도망쳤을까? 스스로 약하고 비겁하다 자책했다. 하지만 알 수 없는 미래로 모험을 떠나는 설렘이 자책감을 이겼다.

이 작은 섬에서 전 세계 여행자들을 만난다. 그렇게 오랜 시간이 흐르다 보면 결국 나를 만나게 된다. 내가 나를 몰라도 너무 몰랐다. 알고 보니 나는 꽤 괜찮은 사람이었다.

떠나고 나서야 알았다. 도망도 용기라는 걸. 아무도 나를 모르는 섬에서 캐리어 하나 정도의 짐을 싸들고 들어와 명함 없는 삶을 시작했다. 외딴 시골 섬에서의 삶은 당황스러울 만큼 단조롭고 원초적이다. 나는 오늘도 덜 가지고, 덜 소비하고, 덜 욕망하고, 덜 존재하는 삶에 생긴 여백을 자유와 행복, 사랑으로 채워간다. 떨쳐버리려고만 했던 고독과 친구가 되었고, 나라는 사람을 들여다보고 배우며 화해에 이르러 결국 사랑하게 되었다.

깊은 바다를 표류하다 마침내 닿은 나의 섬에서 수많은 해와 달, 폭풍을 보내며 내 삶에 책갈피를 꽂고 싶은 순간을 썼다. 온전히 나를 위해 글을 쓰는 건 자존감을 회복하는 여정이자 존재의

존엄함을 알리는 선언이다. 나로부터 시작해 누군가에게 가 닿을 이 벌거벗은 이야기가 위로와 공감, 연대로 다가서길, 결국 자신에게 맞는 위도를 찾아 떠나게 될 누군가의 용기에 약간의 향신료가 되길 소망한다.

2023년 태국의 작은 섬에서
조하나

1부

도망칠
용기

성격은 '명랑, 쾌활',
취미는 '음악, 영화 감상'

대학 졸업장은 취업을 위한 간판, 그 이상도 이하도 아니었다. 우아한 상아탑 같은 건 어디에도 없었다. 교수들은 아무것도 가르치지 않고 연구도 하지 않으면서 권력을 쥐었고, 큰돈을 벌었다. 현실은 예상보다 더 쌉싸름했다. 간판을 단 사람들이 쏟아져 나오는데 데려가겠다는 곳이 없었다. 선배들은 졸업생보다 재학생으로 이력서를 써야 취업이 더 잘 된다며 일부러 학점을 덜 채우고 수강 과목 하나로 한 학기를 연장하며 자발적으로 '코스모스 졸업'을 했다.

어릴 적부터 보고 들은 건 '평생직장'을 찾으라는 거였다. 취업 준비생이 되고 나니 세상은 더 이상 그런 건 없다고 했다. 한 직장을 오래 다니며 '상사는 곧 가장'이라 복종하던 시대가 저물고 있었다. 내 또래는 대부분 공무원 시험을 준비했다. 전공이나 적성은 상관없었다. '나 같은 애가 나랏일이라니…' 친구들은 스스로 조소하며 나라의 미래를 걱정했다.

사람을 마음껏 자를 수 있고 기업의 이익에 최적화된 세상, 신자유주의 시대가 열렸다. 일자리 시장은 더욱 유연해지고 비정규직은 합법이 됐다. 다국적 기업이 날개를 달았고 전 세계 사람은 '글로벌 시티즌'이라는 미명하에 지구촌 이웃이 되었다. 하지만 한국에서 내가 보는 외국인은 방학 때 돈 쓰러 들어온 재미 교포나 유학생, 주한 미군이 전부였다. 여전히 한국인은 세계 시민과 거리가 멀었다. 앞만 보고 냅다 달려온 터라 모두 부상에 후유증으로 아우성이었지만 아무 일도 일어나지 않은 척 외면하고 있을 뿐이었다.

정부의 신자유주의 정책에 반대하는 시위가 거셌다. 학교 수업이 끝나면 아르바이트하러 가기 바빴던 내가 지금까지도 생생하게 기억하는 장면이 있다. 시위대와 전경의 대치로 버스가 출발하지 못하고 도로에 서 있었다. 나는 버스 맨 앞자리에 앉아 유리창 밖으로 시위하는 대학생과 이를 막아선 전경을 지켜보고 있었다. 긴장감이 팽팽한 가운데 갑자기 시위대 맨 앞 학생이 전경 하나를 자신의 진영으로 끌어들였다. 그러자 시위대 모두가 그 전경 하나를 밟고 때리기 시작했다. 피투성이가 되어 자기 진영으로 돌아간 그가 우리 학교 학생이었다는 이야기가 다음 날 학교에 돌았다. 머리 터지게 치고받고 싸우는 건 결국 '우리들끼리'였다.

나는 우물쭈물했다. 뭘 해야 할지 몰랐다. 뭘 좋아하는지도 뭘 하고 싶은지도 모르면서 아르바이트만 했다. 아주 열심히 했다. 세상이 자꾸 밖으로 나오라는데 혼자 버티는 기분이었다. 이것저것 뭐라도 해봐야 뭘 좋아하는지 알 텐데 경험이 없었다. 어학연수나 유학은 꿈도 못 꿨다. 인턴 자리를 알아봐도 기약 없는 시간 동안 아무 수입 없이 봉사해야 한다는 조건이 붙었다. 다른 사람들 다 그렇게 사니 유난 떨지 말라고 등 떠밀리는 느낌이었다. 정작 등을 떠민 사람은 아무도 없는데 혼자서 그렇게 느꼈다는 게 더 우습다.

나는 여전히 비겁했다. 모든 게 동의가 안 됐지만 그걸 깨부술 용기도 대안도 없었다. 아무리 잘난 척해도 결국 졸업하고 취업하고 결혼하고 애 낳고 살겠지 싶다가도 여전히 어디에 있는지도 모를 미지의 세계를 찾아 나서고 싶었다. 그때 나에겐 세상의 모든 시간이 있었는데도 살면서 가장 조급했다. 서둘러 앞날을 결정해야 한다는 강박과 압박에 손을 들었다. 결국 당시 모든 청년 구직자와 똑같은 이력서를 만들었다. 두말할 것도 없이 성격은 '명랑, 쾌활', 취미는 '음악, 영화 감상'이었다.

한 손을 턱에 괴고 따분한 눈빛으로 마우스를 굴리며 작은 광고 회사 채용 공고를 찾았다. 이력서를 내고 면접을 봤다. 그 회사에 얼마나 충성을 다할 수 있을지, 이력서에 나온 것처럼 얼마나 명랑, 쾌활한지 최선을 다해 보여줬다. 뭐 하는 회사인지도, 무슨 일을 하게 될지도 몰랐지만 최선을 다해 미소를 지었다. 얼굴에 쥐가 날 지경이었다. 어릴 때부터 20년 가까이 학습된 사회 기조의 영향력을 무시할 수 없었다. 이렇게 해서 첫 월급 타면 엄마 아빠 내복도 사드리는 거라고, 그게 곧 나의 행복이 될 거라고 스스로 다독였다. 하지만 그 희망은 그리 오래가지 못했다.

테헤란로에서
하이힐을 꺾어 신고

합격이었다. 내심 걱정하던 엄마 아빠도 한시름 놓인 표정이다. 아, 이젠 된 건가. 짧으면 3~4년, 길면 5~6년 버텨 대리를 달거나 대리 달기 직전 결혼으로 퇴사할 때까지 잘 버티면 되는 건가. '밀레니얼 세대'란 말이 무색하게 당시 우리는 모두 그것 말고 다른 길은 없다고 미뤄 짐작하고 있었다. 회사엔 신입 사원 서넛이 더 있었는데 내가 유일한 여자였다. 우리 모두 일주일 동안 배운 거라곤 전화 잘 걸고 받는 것이 전부였다. 회사는 몇 달간 '인턴'이란 이름으로 다달이 고작 몇 십만 원에 우리를 부리겠다고 했다. 그러고 나서 정규직으로 전환할지 내쫓을지 생각해 본다고 했다. 그것도 감지덕지하란 식이었다.

    임원이라는 어른들이 좋아하는 회식 날이었다. 말이 좋아 신입 사원 환영 회식이지 대학 신입생 때 하던 짓의 업그레이드 버전이었다. 여전히 한국 사회에서는 '술 취해서 그래요'라는 말이 요술 지팡이처럼 쓰였고 집단적으로 술로 사람을 괴롭히는 문화가 너무 당연했다. 술 좋아하는 아빠를 어렸을 때부터 봐왔고 술 먹고 부릴 수 있는 진상이란 진상은 이미 호프집, 바, 클럽 아르바이트로 다 본 터였다. 나는 술이 싫고, 안 먹으며, 또 못 먹는다.

    술은 사람을 죽일 수 있다. 하지만 친구, 학교, 직장 등 한국 사회의 모든 커뮤니티는 술로 굴러가고 술로 유지됐다. 그놈의 술 때문에 사회생활은 글렀다고 어느 정도 예상은 하고 있었다. 술을 못 먹는다고 하면 남자들은 내숭 떨지 말라며 더 먹였다. 왜 잘 보이고 싶은 마음도 없는 너희 앞에서 술 못 먹는 척한다고 생각하느냐 따져 물으면 나는 또 '피곤한 여자'가 되어버렸다. 내가 술에 취해 엎어지는 것만 고대하는 인간들에 둘러싸여 안간힘을 쓰며 버텼다.

    "나는 코요태를 좋아하는데…."

부장이 신입 사원 환영 회식 3차로 초대형 관광 나이트 룸에 우리를 몰아넣고 말했다. 말이 떨어지기가 무섭게 대리와 과장은 노래방 기기에 코요태 노래를 줄줄이 예약했다. 많이 해본 듯 익숙해 보였다. 홍일점이었던 나는 밤새 하이힐을 신고 선 채로 탬버린을 치며 코요태 노래를 불렀다. 젠장, 히트곡은 왜 그리도 많은지 원망스러운 밤이었다.

　부장은 지치지도 않는다. 노래가 시작하면 한 잔, 끝나면 한 잔, 안 끝나도 한 잔. '못 먹겠다, 안 먹겠다' 하면 옆에 있는 과장, 대리가 얄미운 시누이처럼 눈을 흘겼다. 술을 받아 마시고 노래하고 춤추다 화장실로 뛰어가 속을 게워내길 반복했다. 언젠가 올 거라 예상한 상황이었다. 막상 닥치니 덤덤했다. 화도 안 났다. 원망스럽지도 않았다. 이제 내 차례가 된 것뿐이었다. 나는 그 밤, 그저 살아남기를 바랐다.

　날이 샜다. 새벽 다섯 시에 영업을 마친 나이트에서 절뚝이며 걸어 나왔다. 과장이 찜질방에 가서 씻고 출근하라며 만 원을 쥐여 줬다. 징그럽게 추운 겨울날이었다. 찜질방에서 대충 씻고 정신을 좀 차리니 스타킹은 이미 올이 다 나가 다시 신을 수 없는 상태였고 힐을 신고 밤새 서 있던 바람에 발이 퉁퉁 부었다. 어쩔 수 없이 하이힐 발꿈치 부분을 꺾어 슬리퍼처럼 만들어 발을 욱여넣고, 스타킹도 없이 맨다리에 머리도 제대로 못 말려 김이 모락모락 올라오는 꼴로 테헤란로를 걸었다.

아이러니했다. 대학 시절 호프집에, 바에, 홍대 클럽에, 술이란 술은 종류별로 다 취급하며 아르바이트했어도, 이토록 술을 먹인 사람들이 없었다. 직장이라는 조직의 '장'들에게는 그리고 남자들에게는 암묵적으로 허락된 권력이 있었다. 부장은 술을 거부하는 걸 자신의 명령을 어기는 것과 같다고 생각했다. 그는 언제든 손가락 하나를 튕겨 나를 내쫓을 수 있었다. 부장은 단순히 술을 먹이고 노래와 춤을 시킨 게 아니라 자신의 권력을 과시하고 즐긴 거였다. 과장과 대리, 동기들은 훗날 부장의 자리에서 똑같은 짓을 할 예정이었기에 침묵을 지키고 방관했다.

그날, 결국 회사로 돌아가지 않았다. 맨다리에 하이힐을 구겨 신고 모락모락 김이 나는 머리카락이 꽁꽁 어는 동안 한참 테헤란로로를 걸었다. 내 자존감은 테헤란로에 버려졌다. 누군가의 마음에 들려고 섣불리 덤볐다가 결국 스스로가 마음에 안 드는 모습이 되고 말았다는 불안과 공포가 밀려왔다. 다른 누군가의 마음에 들기 위해 '명랑, 쾌활'이라는 성격을 반사적으로 써냈는데, 나는 진정 명랑, 쾌활한 사람인지, 아니라면 어떤 사람인지 생각해 본 적이 없었다. 다른 사람들에게 보이는 모습만 중요했지, 스스로가 마음에 들지 않아 바닥까지 떨어진 자존감은 어떻게 수습해야 하는지 도무지 알 수 없었다.

그리고 깨달았다. 직업인이 된다는 건 그 직업을 유지하기 위해 그를 둘러싼 어떤 환경도 감내할 수 있어야 하는 거라고. 내가 어렸을 때부터 맞벌이를 해온 엄마와 아빠가 어떤 순간을 참고 넘기며 지금까지 왔는지 조금 알 것 같았다. 엄마, 아빠는 행복해 보이지 않았다. 그래서 하기 싫은 걸 더 하지 말아야겠다고 생각했다. 합리화라 해도 어쩔 수 없다. 어쭙잖게 '다들 그렇게 하니까' 우물쭈물 휘둘려 가다 내 행복엔 신경도 안 쓰는 사람을 붙잡고 '저기요, 이건 말이 다르잖아요' 하고 따질 수는 없는 일이었다.

세상에 동의하지 못하는 마음은 여전히 가득한데 미운털로 박히고 싶지도 않았다. 현모양처 이미지를 갖고 싶은 마음 반, 솔직하고 싶은 마음 반. 아무도 내 마음을 모를 거란 마음 반, 이해받고 싶은 마음 반. 세상의 시스템을 비난하면서도 그 시스템에 적응하지 못하는 나에게 문제가 있는 건 아닌지 자책도 했다. 그때까지 내가 배운 세상은 인내와 고통 끝에 행복이 찾아온다고 이야기했다. 고생 끝에 낙이 온다는 판타지와 개천에서 용 났다는 로또 같은 영웅담이 희망이라는 이름으로 포장돼 달려갈 힘을 주던 때였다.

'이걸 견뎌야 한다고?'

아니었다. 버티고 견뎌서 결국 얻게 되는 건 무엇인가? 그건 누굴 위한 것인가? 테헤란로를 걸으며 그동안 세상으로부터 배운 모든 것들을 의심했다.

대학 졸업반 취업 준비생일 땐 세상 모든 시간을 다 빼앗긴 것 같았는데, 회사를 그만두고 사회의 시스템에서 한 발짝 떨어져 바라보니 또 그런 것만은 아니었다. 올바른 사회인이 되기 위해 충분히 인내와 고통을 감내하지 않았다는 죄책감은 버리고, 로또 당첨 확률만 한 '개천 용' 영웅담을 믿지 않기로 했다.

사람들은 다들 인생이 짧다는데 나에겐 길게만 느껴졌다. 새 천년을 이끌 희망이라 부를 땐 언제고, 신자유주의에 갈 곳 잃은 밀레니얼 실업자가 된 우리를 사회는 '루저'라고 부르기 시작했다.

서른까지
실패할 권리

'코요태 사건' 이후 회사로 돌아가지 않았다. 누구든 언제든 대체 가능한 시대였다. 회사도 나도 아쉬운 게 없었다. 재취업을 하려면 또 몇 개월 발을 동동 굴러야 하는데, 고만고만한 대학 졸업 이력만으론 어림도 없었다. 세상은 이력서에 넣을 '스펙'을 위해 또다시 의미 없는 시간과 돈을 쓰라고 다그쳤다. 사람들은 술 마시러 대학에, 인맥 쌓으러 대학원에 가는 거라고 했다. 대부분의 실용 지식과 기술은 사교육 기관이 담당했다. 사회 시스템은 빈틈없는 톱니바퀴처럼 영원히 그렇게 돌아갈 것만 같았다. 나는 돈도, 시간도, 시스템에 속하고픈 의지도 없었다. 당장 생활비가 급했던 터라 시간도 곧, 돈이었다. 한편, 엄마는 내가 대학만 졸업하면 삼성에 들어간다고 생각했다. 괴리감이 컸다. 그때, 하지 않고는 미칠 것 같은 좋아하는 일이 있었다면 어떤 희생을 감수하고서라도 밀어붙였을지도 모르겠다. 그게 없던 나는 그냥 대충, 그때그때 좋아하는 걸 하며 살았다.

실업자가 된 후 마음의 고향 홍대로 돌아갔다. 대학을 인천으로 다니면서도 아르바이트하던 홍대 클럽에서 더 많은 시간을 보냈다. 홍대 거리를 사랑하는 나에게 따분하고 무표정한 테헤란로는 매력도 미련도 없었다. 마침 홍대 클럽 문화는 황금기를 맞았다. 월드컵 특수와 클럽데이 이벤트, 늘어나는 해외 관광객에 정부까지 발 벗고 나섰다. 대학 때 일하던 작은 클럽 사장님과 동네 다른 클럽 사장님들이 모여 한국 최초의 초대형 클럽을 열었다. 건물 하나를 크게 올려 최첨단 음향, 조명 시설을 설치하고, 해외 유명 디제이를 불러 들썩이는 대형 파티를 이어갔다. 수천 명의 사람들이 줄을 섰다.

이전까지만 해도 홍대 클럽은 누구나 입장료 만 원을 내고 편

평한 플로어에서 똑같이 놀았다. 그 자유롭고 매력적이던 홍대 클럽가도 돈이 모이자 계층화되기 시작했다. VIP존이 따로 마련됐다. 입구에선 보안 요원이 출입을 허가하는 팔찌를 검사했다. 부와 권력이 있는 사람들은 더 특별하고 편하게 놀았다. 잘나가는 연예인과 모델은 언제나 대기 없이 입장했고, 나는 이들이 더 편하게 놀 수 있도록 팔찌를 채워 VIP존으로 올려 보냈다. 팔찌는 말 그대로 권력이었다. 이 팔찌를 얻으려고 사람들이 어떤 짓까지 했는지 아마 상상도 못 할 거다.

아이러니하게도 이곳에서야 내 전공(미디어 커뮤니케이션)을 십분 발휘했다. 수많은 미디어에서 홍대 클럽 문화를 취재하려는 요청이 쉴 새 없이 들어왔고 드라마나 영화 촬영을 위한 대관 문의도 잦았다. 나는 홍보와 마케팅을 담당하며 클럽 건물 꼭대기 사무실에서 일했다. 해외 유명 디제이들의 내한 파티 보도 자료를 만들고, 외국인 프로모터 친구를 도와 번역 일도 했다. 학교에서 배운 교과서 영어가 전부라 프리토킹은 힘들었지만 문법과 단어 위주의 문서 번역은 할 만했다. 한국에선 클럽·파티 프로모터라는 업 자체가 생소했던 시절이라 사수도 없이 혼자 눈치껏 일했다. 정해진 직무나 역할이 없어 알아서 일하는 시스템, 아니 시스템조차 없는 자유로운 곳에서 음악을 매개로 뻔하지 않은 사람들을 만났다. 나에겐 대기업 인턴 자리보다 훨씬 나았다. 4대 보험이나 근로 계약서 같은 건 당연히 없었지만 코요태 노래 대신 내가 좋아하는 음악을 원 없이 들을 수 있었다.

주말엔 클럽에 내려가 VIP를 관리했다. 한남대교를 넘어온 부 잣집 도련님과 아가씨, 유학생, 재미 교포, 연예인, 모델이 대부분이었다. 부모 잘 만나 몇 억짜리 차를 몰고 하룻밤에 수백만 원을 쓰는 사람들 속에서 나는 최저 시급, 법정 최대 근로 시간 같은 용어조차 없던 시절, 휴일도 없이 매일 아침 출근해 다음 날 새벽에 퇴근했다. 사람들은 내가 하는 일을 힘들고 더럽고 위험한 일이라 비웃었다. 웃기고들 있었다. 나에겐 음흉한 미소를 짓던 부장을 위해 밤새 탬버린을 흔들며 코요태 노래를 부르던 게 '3D'였다.

나는 언제나 우물쭈물했다. 뭐 하나 제대로 화끈하게 해본 게 없다. 이것저것 조금씩 기웃거리다 말았다. 이래서 못 해, 저래서 못 해, 핑계도 많다. 어릴 때 시작한 피아노에 재능이 있었다. 예술

중학교 진학을 권하는 선생 말에 엄마는 "예체능은 돈이 많이 들어 안 된다"고 대답했다. 그 뒤로 피아노는 쳐다보지도 않았다. 중학교 때 성적이 꽤 좋았다. 외고 진학을 권하는 담임에게도 엄마는 같은 말을 했다. 어리석고 유치했던 그때 나는 모든 화살을 엄마에게 돌렸다. 이런 이야기는 어디서든 누구에게든 잘 하지 않는 편이다. 끼니를 걱정할 만큼 가난한 집에서 열심히 공부해 서울대 갔다는 신화에 비참해지기 싫어서다. 한 번도 본 적이 없는데 어딘가에 분명히 있다는 '유니콘' 같은 사람들, 그 앞에서 내 핑계는 미천했다. 물론 모든 게 부모님 탓은 아니었다. 그렇다고 내 탓도 아니었다. 무기력했다. 한 번도 가져본 적 없던 것들을 빼앗긴 것 같은 희한한 상실감과 박탈감, 피해의식이 늘 함께했다.

마침 클럽 사장님이 온라인 의류 쇼핑몰 사업을 제안했다. 인터넷 상거래 붐이 크게 일던 때였다. 하고 싶은 것도, 잘하는 것도 없으니 돈이나 벌자며 자학하는 마음으로 덜컥 일을 시작했다. 하지만 투자금 약속은 지켜지지 않았고 결국 모든 걸 혼자서 다 해야 했다. 요령 없이 열심히만 했다. 새벽 세 시에 일어나 동대문 시장에 나가 사입하고, 돌아오자마자 촬영하고, 작업하고, 배송했다.

자정에만 잘 수 있어도 다행이었다. 잠 못 자고, 밥 못 먹고, 건강을 해치면서까지 열심히 일하면서도 사실 이게 잘되지 않으리라는 걸 본능적으로 알고 있었다. 그게 가장 힘들었다. 안 될 걸 알면서 꾸역꾸역 밀고 나갔다. 잘 알지도 못하고 좋아하지도 않는 일을 몇 년째 붙잡고 있었다. 이대로 가면 낭떠러지라는 걸 알면서도 멈추지 못했다. 힘들다고, 도와달라고도 못 했다.

'똑똑한 척 혼자 다 하더니 결국 그럴 줄 알았지.'

누가 하지도 않은 말이 귓가에 맴돌았다. 고정 비용 지출과 매출 저조에 몸과 마음은 점점 지쳐가고, 조금만 받아 구멍만 메우자 했던 카드 현금 서비스가 대부업 대출로 이어졌다. 카드 대란에 글로벌 금융 위기가 덮쳤고 은행 대출은 허락되지 않았다. 당시 대부업체 '법정' 최고 이자율이 49퍼센트였다. 자존심과 오만함으로 깊은 수렁에 빠졌다. 버티고 버티다 결국 손을 들었다. 눈덩이처럼 불어난 빚을 감당하지 못해서였다.

백기 투항 후 감당할 수 없는 수치심이 덮쳤다. 태어나 처음으로 누군가를, 혹은 무언가를 원망하거나 그 어떤 핑계도 대지 않고 완전히 철저하고 지독하게 나를 탓했다. 엄마에게 이실직고했다. 엄마는 딱 하루 우셨고 괴로워하며 나에게 실망했다. 그리고 다음 날, 아무 일도 없다는 듯 나를 대했다. 엄마는 누구보다 강했고 날 붙들어줬다. 개인회생 절차에 들어갔다. 개인적인 허영과 욕심을 채우기 위한 부채가 아님을 증명했다. 앞으로 빚을 어떻게 갚아나 갈 건지 변제 계획을 세워 법원에 설명했다. 판결 이후 매달 정해진 날짜에 일정 금액을 갚아나갔다. 5년 동안 단 한 번도 어김없이 약속한 금액을 변제해 신용을 회복했다. 이후, 지금까지 대출은 물론 신용카드도 쓰지 않는다.

나는 내일모레 서른에 싱글에, 빚만 가득한 백수가 되었다. 클럽에서 일한 경험은 나에게만 멋진 경력이었지, 세상이 보기엔 그저 시간 낭비일 뿐이었다. 그나마 나를 지탱하던 자존심마저 산산조각이 나버렸다. 알고 보니 나는 밑도 끝도 없는 자존심만으로 위태롭게 버티고 있었다. 자존감이 아닌 자존심이었다. 내 인생의 가치를 액수로 환산하려 한 건 애초에 나였다. 어리석은 선택이었다. 괜찮다, 괜찮다, 주변 사람 모두에게, 그리고 스스로 거짓말을 해왔지만 사실 괜찮지 않았다. 내가 알아서 멈추지 못하면 결국 세상이 나를 억지로 멈춰 세운다. 비로소 위험한 질주를 멈추고, 그동안 애썼다 스스로 위로했다. 마음을 많이 다쳤고, 상처가 크게 벌어져 있었다. 오랜 시간 못 본 척 외면해 온 상처를 스스로 인정하고 들여다보고 치유하는 시간이 필요했다. 그래, 나는 실패했다. 그걸 인정하는 것부터 시작이었다.

깊은 우울감에 빠져들었다. 그리 크지도 않은 방, 딱 세 걸음만 걸어 방문에 손을 뻗어 올리고 반 바퀴만 휙 돌려 나가면 되는데 그게 안 됐다. 한동안 그 방문 하나를 열지 못했다. 어릴 때부터 혼자 있는 집 안의 정적을 견딜 수 없어 잠자는 시간 빼곤 대부분의 시간을 밖에서 보내던 나였다. 그런데 이젠 밖에 나가는 게 무엇보다 두려웠다. 나만의 검고 깊은 바다에 침잠했다. 뒤죽박죽 하루살이처럼 살아온 지난 시간을 되돌아봤다. 세상에 대해서도 생각했다. 그리고 앞으로 남은 생을 어떻게 살아야 하는지 스스로 물었다.

지독하게 외로웠다. 언제나 사람들에게 둘러싸여 애써 무시해

온 외로움, 피할 수 있다면 끝까지 피하고 싶었던 감정을 마주하고 서야 솔직해질 수 있었다. 그동안 외로웠다고. 정말 외로웠다고. 생각이 생각에 꼬리를 물고 정처 없이 여기저기 떠돌았다. 결론도 목적도 없이 그렇게 오랜 시간을 보냈다. '이렇게 하면 성공한다'는 자기계발서를 모두 치워버렸다. 맹목적으로 성공만 떠드는 이야기는 이제 적어도 내 것은 아니었다. 그것만은 분명했다. 대신 실패와 상처를 솔직하게 드러낸 책을 품고 공감과 위안, 용기를 찾았다. 나를 사랑하는 게 우선이었다. 내 존재 자체만으로 감사이고 축복이고 사랑이란 말을 많이 듣고 자랐다면 좋았을 것이다. 그런 유년시절이 없었던 나는, 이제라도 스스로 자존감을 쌓아나가야 했다.

혼자만의 시간을 많이 가졌다. 내가 뭘 원하는지, 나는 어떤 사람인지, 뭘 하면 행복한지, 서두르지 않고 천천히 스스로에게 시간을 주고 대화를 많이 나눴다. 그 시꺼멓고 외롭고 고요한 시간이 없었다면 삶과 꿈, 업에 대한 진지한 고찰 없이 나머지 생을 또 '그냥' 살아갔을 것이다.

실패는 고되었지만, 반드시 일어나야 했던 일이라고 생각한다.

그로 인해 알량한 자존심은 묵직한 자존감으로 변했다. '내 인생에 실패는 없다'는 문장은 '실패해도 괜찮아'로 다시 쓰였다. 삶에 대한 막연한 두려움을 마주하며 겸손과 용기를 배웠다. 본질에 더 집중하게 됐다. 삶에 돈보다 더 중요한 것이 있다는 걸 깨달았다. 이 시간과 경험을 바탕으로 훗날 잡지 에디터가 되어 다양한 사람들을 인터뷰하고, 그들의 삶을 글로 옮겨 또 다른 누군가에게 자극과 영감, 희망과 위로를 전할 수 있게 되었다. 삶의 다양한 경험과 고민과 사유가 나만의 방식으로 세상을 바라보는 데에 얼마나 좋은 거름이 되었는지 모른다. 어떤 경험이든 이유가 있다. 그래서 나는 실패를 열렬히 응원한다.

적어도 서른까지는 실패할 수 있는 권리가 법으로 보장되면 좋겠다. 이것저것 좋아하는 것도 싫어하는 것도 해보고, 여행도 많이 해보고, 사람도 많이 만나보고, 그러고 나서 업을 정할 수 있는 권리. 진한 실패를 겪어본 사람은 그 누구의 실패도 함부로 비웃지 않는다. 실패는 마흔에도 예순에도 꾸준히 찾아올 것이다. 나는 절대로 실패하지 않는 사람보다 실패에 성숙하게 대응하는 사람이 되었다. 그래서 더 이상 실패가 두렵지 않다.

아픈 건
청춘이 아니다

　나의 서른 즈음은 대한민국 사회 곳곳의 모든 것이 더욱더 뚜렷하게 계층화되어 가던 시대였다. 계급 간 격차에 이어 세대 간 격차도 커져 갈등으로 이어졌다. 하지만 성별 간 대립이나 갈등 같은 문제들은 터져 나오지도 못하고 속으로만 곪아갔다. 사회는 덜 성숙했고, 의심과 불신만 커졌다. 하지만 다들 돈, 돈, 돈 하느라 아무도 그걸 신경 써 챙기지 못했다. 밀레니얼 세대를 바라보는 기성세대의 눈빛이 달라지기 시작했다. 허우대 멀쩡하고 잘 먹고 잘 입혀 대학까지 보내놨더니, 사람 구실도 제대로 못 한다는 이유였다. 여기서 사람 구실이란 물론 돈을 잘 버는 거였다. 우리는 인류 최초로 부모 세대보다 가난한 세대가 되었다. 사회는 우리를 '88만 원 세대'라 이름 붙였다. 이십 대 상위 5퍼센트만이 5급 공무원이나 삼성 같은 좋은 직장에 들어갈 수 있고, 나머지 95퍼센트는 비정규직이다. 우리나라 전체 비정규직의 평균 월 임금인 119만 원에 전체 임금과 이십 대 평균임금의 비율인 74퍼센트를 곱하면, 우리 세대의 월평균 임금은 88만 원에 불과하다고 했다.

우리 사회는 정말 '청춘은 아픈 거'라 믿어버렸다. '젊음은 희생해도 된다'는 인식은 더욱 견고해졌다. 사회 전체가 집단 최면에 걸렸다. 불안은 영혼을 잠식한다. 그리고 불안은 돈이 된다. 결국 새 천 년 미래를 책임지리라는 기대와 축복을 받으며 대학에 입학했던 밀레니얼 세대는 갖가지 희망 고문으로 버티고 버티다 끝내 '잉여'가 되고 말았다.

장기하와 얼굴들의 '싸구려 커피'가 히트했다. '88만 원 세대'의 무기력함과 잉여로움이 만나 일으킨 시너지이자 사회 현상으로 평가됐으나 동의하지 않는다. 장기하가 '서울대 출신' 잉여가 아니었다면 달라졌을 이야기다. 한국 사회는 '잉여'를 하려고 해도 서울대나 나와야 가능하다. 서울대에 대한 이 사회의 자격지심만큼이나 커다란 경외감과 애증은 장기하의 지질함도 멋지고 키치한 것으로 받아들였다.

여전히 불안은 영혼을 잠식한다. 그래도 중요한 것 하나는 모든 불안이 나로부터 시작된다는 것이다. 자신을 좀 더 채찍질해본다. 조금만 참아라, 희망이 올 것이다! 힘들어도 웃자! 좀 더 자신을 채찍질하고, 남들보다 일찍 일어나고, 남들보다 늦게 자라! 고생 끝에 낙이 온다! 같은 방에 앉아 머리를 맞대고 썼을 법한 다 거기서 거기인 자기계발서를 읽어 내려가며 스스로 반성해 본다. 얼마 살아보지도 못하고, 경험해 본 것도 별로 없는데 반성이라니. 결국 대학 졸업 후 취업 사기를 당하고 당시 유행하던 온라인 쇼핑몰을 열었다 망해 삼십 대에 신용불량 백수가 된 후 진짜 결론을 얻었다.

"젠장, 고생 끝에 암이 온다! 아픈 게 무슨 청춘이냐?"

서른이 될 거란 상상을 해본 적이 없다. 커트 코베인과 지미

헨드릭스, 재니스 조플린, 짐 모리슨처럼 스물일곱이 내 인생의 최대치라 생각했다. 스물일곱을 지나던 해에는 아무 일도 일어나지 않았다. 삶의 궁핍과 허기, 외로움을 채우려 아무거나 닥치는 대로 채우며 살았다. 그걸 들키기 싫어 더 기고만장하게 이십 대를 보냈다. 서른을 앞두고 결국 개인회생 절차를 밟고 있는 빚쟁이 백수가 되었다. '거봐, 그렇게 까불다 내 이럴 줄 알았지.' 태어나 처음으로 조그만 방 안에 자발적으로 들어앉아 스스로 실컷 비웃었다. 타인의 비웃음보다 스스로 비웃는 것이 더 쓰고 아프다.

서른을 몇 년 앞뒀을 땐 '서른' 그 자체가 낭만이었다. 노래방에서 김광석의 '서른 즈음에' 안 불러본 사람이 있나. 하지만 막상 닥친 서른은 그 자체로 공포였다. 누구보다 치열하게 서른을 앓았다. 이 정도로 준비가 안 된 상태에서 서른을 맞게 될 거라 생각해 본 적이 없어 당황스러웠다. 스스로조차 감추고 속이며 살아왔던 거짓과 모순을 맞닥뜨리고, 모자란 나를 인정하고 받아들여야만 서른이라는 나이를 제대로 시작할 수 있는 거였다. 이 작은 삶의 비밀을 이제 막 알았는데, 사회는 나를 다 큰 어른 취급해서 민망할 지경이었다. 나만 너무 늦게 어른이 되는 건 아닌가 자책도 했지만,

결국 세상 사람들은 각자 저마다의 속도와 방향으로 가고 있었다.

'어쩌면 나에게 속도를 내라 다그치는 네가 너무 빠른 건지도 몰라. 언젠가 너도 나처럼 두 다리가 땅에 달라붙어 멈출 수밖에 없는 상황이 올 거야. 사람들은 저마다 속도도 드라마도 타이밍도 다르니까.'

듣는 사람 없는 공기 속에 홀로 중얼거렸다.

이십 대는 온 마음으로 자유를 쫓으면서도 아이러니하게 인생을 통틀어 가장 타인과 세상의 눈치를 많이 보며 갈피를 못 잡았던 시간이었다. 당당한데 착해야 했고, 섹시한데 조신해야 했고, 잘 놀지만 헤프지 않아야 했고, 독립적이면서도 여성스러워야 했다. 내가 원하고 마음에 드는 모습과 타인과 세상이 나에게 기대하는 모습 사이에서 갈팡질팡했다. 하루하루 어찌나 고단하던지. 오히려 서른을 넘기고 나서야 사회가 요구하는 관념으로부터 자유로워졌다. '에라 모르겠다'는 심정이었다. '지금껏 눈치 보고 살금살금 살았건만 남은 게 뭐지, 내 인생에 훈수 두던 사람들은 내가 신용불량에 백수가 되었는데 다 어디로 가버린 거지?' 여태 혼자 전전

긍긍하며 지켜오던 사회적 관념에 수많은 질문을 품었다.

원치 않는 주사위 게임을 하고 있다면 주사위를 테이블 밖으로 던져버리면 된다. 누군가 게임에서 이겨야 한다면 반드시 지는 사람이 있다. 이기려고 노력하지 않기로 했다. 때론 지는 사람이 되어도 괜찮다.

돈이 없지,
낭만이 없나

　사람들은 더 이상 꿈을 묻지 않았다. 꿈이 없는 사람은 누구
에게도 꿈을 묻지 않는다. 내 꿈은 '삶에 진짜 이야기가 넘치는 사
람'이 되는 것이었다. 내가 태어나 살아온 시대를 관통하면서 오직
나라는 사람만이 경험하고 선택해 온 순간이 합이 된, 압축된 이야
기가 풍부한 사람. 다른 이의 문장을 인용하지 않아도, 누군가의
경험담을 빌려오지 않아도 살아온 삶 자체만으로 멋진 이야기를
채울 수 있는 사람.

　꿈을 찾았다는 건 이제 겨우 인생의 방향키를 잡았다는 의미

였다. 무엇이든 될 수 있다는 맹목적인 희망이 무엇이든 되어야겠다는 강박관념으로 변해갈 때, 밑바닥까지 떨어진 자존감으로 차갑고 시린 자괴감과 무기력함에 시달릴 때, 사람들은 모두 낭만주의자에서 현실주의자로, 냉소주의자로 변해갔다. 나는 되레 나만의 꿈과 낭만을 찾았다. 아이러니하게도 '돈! 돈!' 하다 이십 대에 가진 걸 싹 다 잃고 빚더미에 앉아 찾은 꿈과 낭만이었다. 아무것도 가진 게 없다는 게 이렇게 홀가분하고 자유로운 기분이라는 걸 돈을 쫓아다닐 땐 몰랐다. 돈과 낭만 중 하나만 택해야 한다면 언제나 낭만을 선택해야 한다. 잃을 게 없는 사람의 낭만은 밀도가 더 높으니.

인생의 방향을 이리 잡았으니 이제 길을 찾아야 한다. 사실 내가 뭘 하고 싶은지, 뭘 잘하는지도 몰랐다. 개인회생 절차를 밟는 동안 수없이 법원을 오갔다. 지나온 삶을 반성하며 한동안 집에서 닥치는 대로 책만 읽었다. 다른 사람 이야기를 들여다보니 재밌었다. 걸어서 세계 여행을 마친 한비야가 에세이 《그건, 사랑이었네》에서 인간의 수명을 축구 경기 120분에 비유했다. 당시 그녀의 나이가 오십이었는데 자신은 이제 겨우 전반전 끝나간다며 중국으로 유학을 떠났다. 이제 서른 됐다고 앓는 소리 하던 나는 입을 다물었다. 거우 전반전의 반을 뛴 선수였던 나는 앞으로 남은 생이 너무 길다는 생각에 압도당했다.

한국 사회는 여자 나이 '서른'을 온갖 방법으로 모욕한다. 그러나 아랑곳하지 않기로 했다. 나의 아름답고 소중한 서른에 감사하기 시작했다. 당시 패션지 〈바자〉의 피처 에디터 김경의 책 《뷰티풀 몬스터》가 나를 유혹했다. 한국판 〈섹스 앤드 시티〉의 '캐리' 김경의 솔직하고 발칙하면서도 당찬 글이 매혹적이었다. 나도 글쓰는 사람이 되고 싶었다. 홍대 클럽에서 일하며 이십 대를 함께한 친구가 툭 던진 한마디도 나를 자극했다.

"그거 알아? 네 글은 항상 읽고 싶어진다니까."

삶의 방향이 정해지니 의욕이 생겼다. 다른 사람의 인생에도 관심이 커졌다. 상대적으로 내 인생의 이야기가 미천했기 때문이었다. 직접 경험하고픈 마음은 간절했으나 용기가 없었다. 스스로 이미 늦었다 선을 그은 상태였다. 간접 경험을 위해서라도 책을 더 많이 읽었고, 영화도 더 많이 봤다. 직접적인 관계를 만들지 않고도 누군가의 인생을 가까이 들여다볼 수 있었다. 오호라, 알고 보니 나는 그런 사람이었다. 태어나 지금껏 북적이는 무리를 떠나본 적이 없었다. 되도록 많은 사람들의 마음에 들고 싶었고, 그게 삶의 큰 이유라 여기며 살았다. 그런데 알고 보니 나는 세상과 사람에 대한 거대한 호기심은 주체하지 못하면서 사람들과의 직접적인 관계에서 스트레스를 받고 있었다. 좋아하는 것과 그렇지 않은 것 사이의 완벽한 균형점이 나에겐 책이고 글이었다.

멋진 일이었다. 누군가의 삶을 들여다보고 내 시각으로 쓴 글이 또 다른 누군가에게 닿게 된다는 건. 사람과 사람 사이를 잇는 '다리' 역할을 할 수 있다는 것도. 섬과 섬처럼 따로 뚝뚝 떨어져 있는 사람들을 영원은 아니지만 잠시라도 연결시킬 수 있는 다리. 한비야와 김경의 삶이 담긴 글에서 한 부분을 떼어와 내 삶에 붙였던 것처럼, 운명처럼 만나야 할 사람과 사람이 만날 수 있게 해주는 다리가 되고 싶었다. 그렇게 잡지사 피처 에디터가 되기로 마음먹었다. 서른을 넘기고 나서 처음으로 진짜 꿈을 갖게 됐다.

오래 헤매고 방황하다 힘들게 찾은 꿈. 나는 좋아 죽겠는데 사람들은 아니었다. 서른을 앞둔 나에게 가뜩이나 폐쇄적인 잡지 바닥은 눈길조차 주지 않았다. 잡지계는 일단 구인 공고를 내지 않기로 유명하다. 대부분의 에디터 지망생이 대학 졸업하자마자 어시스턴트로 1~2년을 일한다. 그렇게 수년을 버텨도 결국 잡지사 이름만 여러 번 바뀔 뿐 여전히 어시스턴트로 퇴사하는 친구가 많았다. 그러다 정말 운이 좋으면 인턴 기자가 된다. 월급만 몇십만 원 올랐을 뿐 비정규직에 비계약직으로 언제든 나가라면 나가야 하는 신세인 건 똑같다. 또 몇 년을 버티다 운이 좋으면 선임 기자 중 하나가 그만둬 자리가 생기고 마침내 정기자가 된다. 하지만 안 되는 경우가 더 많다. 이런 잡지계의 현실은 에디터가 되고 몇 년 후 대형 패션지 피처 에디터로 스카우트되고 나서야 알았다.

내가 피처 에디터가 된 건 거의 기적에 가깝다. 잡지판에 관련된 경험은 전무후무했던 서른을 넘긴 내가 신입 에디터가 되려 하다니. 현실을 몰라 더 무모하고 용감하게 잡지사 문을 두드렸다. 채용 공고도 안 내면서 대체 사람을 어떻게 뽑는지 궁금했다. 패션지 에디터의 매력을 보여준 당시 〈바자〉 피처 에디터 김경 선배

에게 무작정 메일을 보냈다. 에디터가 되고 싶은데 어떻게 해야 하
냐고.

　김경 선배는 신기하게도 일면식도 없는 나에게 행운을 빌며
답장을 보냈다. 무시할 수도 있었는데 그러지 않았다. 김경이라는
사람의 글이 멋진 이유는 사람이 멋지기 때문이라고 생각했다. 훗
날 그녀를 실제로 현장에서 직접 만나게 될 줄은 상상도 못 한 채.
딱히 에디터가 되는 방법이랄 게 없으니 조언도 힘들었을 테다. 그
녀의 답장, 그 자체가 나에겐 큰 의미였다. 시간을 내어 누군가의
글을 읽고 답장을 한다는 건 분명 의미가 있는 일이다. 그래서 나
도 에디터가 된 이후, 비슷한 고민을 하는 후배들의 메일에 뾰족한
답이 없어도 꼭 답장을 했다.

　에디터가 되고 싶었으나 길은 몰랐던 터라 이력서와 자기소
개서부터 작정하고 썼다. 더 이상 나는 '명랑, 쾌활'한 성격에 '음
악, 영화 감상'이 취미인 사람이 아니었다. 나란 사람이 가진 개성
과 습성, 매력, 재주 그리고 실패에 관한 이야기를 솔직하게 썼다.
나란 사람을 스스로 인터뷰하는 형식의 글이었다. 내가 나에게 질

문을 하고 답했다. 나이 서른 먹을 때까지 이력서에 내밀 그럴듯한 직장 생활 경험도 없고, 사업 실패에 빚도 많고 나이만 먹었다. 하지만 이건 어디까지나 사회가 씌운 프레임일 뿐 홍대 길거리에서, 쾨쾨한 지하 클럽에서 수많은 인생 선생을 만나고 배웠다고, 서른은 무엇이든 시작할 수 있는 나이라고 썼다. 진심이었다. 그리고 절실했다. 이렇게 쓴 이력서와 자기소개서를 대한민국의 모든 잡지사 편집장에게 보냈다. 신기하게도 몇 군데서 연락이 왔다. 하지만 막상 면접을 보러 가면 다 마음에 드는데 나이가 문제라고 했다.

"하나 씨가 '선배'라고 불러야 하는 에디터들이 대부분 본인보다 나이가 어릴 텐데 괜찮겠어요?"

괜찮다고 해도 다들 고개를 저었다. 그럴 거면 왜 물어보나. 그들에겐 그게 자존심이 상하는 문제인가 보다. 나이 많은 어시스턴트가 들어와 어색해질 팀 분위기 때문이라고 했다. 그럴 거면 왜 불렀나. 나이, 위계, 서열 따지는 한국 사회는 내가 바꿀 수 있는 게 아니었다. 그렇게 몇 군데 면접까지 보고서도 어시스턴트 자리 하나 못 구했다. 아, 이제야 하고 싶은 걸 찾았는데 너무 늦었다며 온 세상이 타박하는 듯했다.

하염없이 구직 사이트 스크롤을 내리는데 한 잡지사 채용 공고가 눈에 번뜩 들어왔다. 손이 떨렸다. 창간 예정인 독립문화 잡지라 했다. 사기일 수도 있었다. 구인란에 쓴 글만 봐도 자본이 없는 회사인 게 티가 났다. 그런데 멋있는 걸 해보고 싶다고 했다. 순간 나와 비슷한 사람들이 모여 있을 거란 본능적인 느낌이 들었다. 지원했고 며칠 후 면접 보러 오라는 전화를 받았다.

회사는 압구정동 주택가 가정집이었다. 이거 사기인가, 망설였다. 대학 졸업 직후 취업 사기를 당한 적이 있어서 또다시 상처받기 싫었다. 누군가의 절박함과 꿈을 가지고 장난치고 사기 치는 자들은 큰일 나야 한다. 그러다 올라간 사무실엔 편집장이 혼자 앉아 있었다. 아직 창간도 안 한 잡지에 돈이 많은 회사도 아니라며 멋쩍게 웃었다. 나는 안다고 했다. 그런데도 또 돈이 안 되는 잡지를 창간하려고 하니 싫으면 자리를 떠나도 좋다고 말했다. 나는 나이도 많고 잡지 경험도 없고, 글 써본 거라곤 싸이월드 일기뿐이라고, 괜찮겠냐고 물었다. 편집장 역시 안다고 했다. 작은 회사에, 창간지에 독립 잡지라 기자는 딱 두 명만 뽑을 거라고 했다. 경력직으로 들어올 선배 기자가 나보다 어릴 텐데 괜찮겠냐고 편집장이 물었다. 그녀에게 되물었다. 나는 괜찮은데 여러분이 괜찮겠냐고. 편집장은 이렇게 말했다.

"좋아하는 일, 하고 싶은 일을 찾았는데, 축복하고 기념할 일이지 걱정할 일인가."

아직 창간을 안 한 잡지라서 뭐가 나올지 몰랐다. 무슨 일을 하게 될지도 몰랐다. 마치 내 앞날 같았다. 하이힐을 꺾어 신고 테헤란로를 오래 걸은 이후, 강남엔 발 들일 일 없던 내가 압구정에 있는 독립 잡지 회사로 출근이라니. 비정규직에 월급 60만 원이 전부였다. 그래도 괜찮았다. 마음은 충만했으니까. 내가 돈이 없지, 낭만이 없나.

서른,
늦깎이 신입 에디터가 되다

서른은 인간관계에 있어 큰 전환점이 되었다. 친구들은 홍해 갈리듯 '기혼 반', '미혼 반'으로 나뉘었다. 결혼 후 워킹맘이 되어 육아하는 친구들은 자연스레 얼굴 보기가 힘들어졌다. 그땐 그게 모두에게 너무 당연했다. 심지어 여자들끼리도 당연했다. 가끔이라도 보는 친구들의 얼굴은 많이 상해 있었다. 볼이 파이고 눈이 꺼졌다. 아이 때문에 얼른 집에 들어가 봐야 한다는 친구는 뜨거운 커피를 호호 불어 얼른 마셨다. 시간 뺏는 것 같아 미안하기도 하고 괜히 짠한 마음에 '○○야-' 하고 친구를 불렀는데 갑자기 그녀가 울먹거렸다. 언젠가부터 '△△ 엄마'로만 불렸지 자기 이름으로 불리는 게 너무 오랜만이라고. 이후 아이가 있는 여자들을 만나면 의식적으로 이름을 부른다.

다들 이미 시작한 무언가에 다른 걸 얹어가는 듯 보였다. 이십 대부터 다닌 직장, 교제해 온 연인에 '결혼'이나 '출산', '내 집 마련' 같은 타이틀을 얹어 삶을 확장시켰다. 언제나 그렇듯 이 세상은 나만 빼고 다 잘 돌아간다. 하지만 괜찮았다. 아무리 생각해도 나에겐 맞질 않는다. 이유도 의미도 없이 남들이 그리 산다고 해서 나까지 묻어가 버리면 재미없다. 어차피 나에겐 무언가를 더 확장시킬 만한 것 자체가 없었다. 가진 게 없기 때문이었다. 말 그대로 '0'에서 또다시 시작이었다. 세상은 넓고 해야 할 일도, 만나야 할 사람도 많았다.

나이 서른에 글 쓰는 노동자가 되었다. 명함을 받았다. 내 이름 석 자 옆에 'Editor'라는 타이틀이 붙었다. 얼굴이 화끈거렸다. 끝없이 자기 검열하며 온 생을 살아온 터라 남들이 괜찮다고 해도 스스로 자책을 만들어 한다. 이게 삶에 독이 되기도, 득이 되기도 한다. 그래도 명함 한 장이 주는 안정감이 컸다. 소속감도 있었다.

불안은 일시적으로 줄어들었다. 이래서 사람들이 명함에 힘센 회사 이름과 직책을 집어넣으려 기를 쓰고 노력하나 싶다.

첫 직장에 출근한 지 일주일도 안 돼 한겨울 새벽 테헤란로에서 퉁퉁 부은 맨다리로 하이힐을 꺾어 신고 회사로 복귀하는 대신 집으로 가겠노라 다짐했을 때, 내 평생 또다시 강남에 발붙일 일은 없을 거라 생각했다. 굳이 따지자면 나는 강남보다 강북에 어울리는, 강북에서도 홍대에만 집착했던 사람이었다. 그런데 이제 매일 왕복으로 강을 건너 압구정에 있는 회사로 출근하게 된 거다. 이상했다. 인디 아티스트와 스트리트 문화를 다루겠다는 독립 잡지 사무실이 강남에 있는 게. 강을 건너 회사에 출근했다가 인터뷰를 위해 도로 강을 건너 홍대나 이태원에 갔다가, 다시 강남 사무실로 돌아갔다 또다시 강을 건너 집으로 가는 이상한 동선을 반복했다.

미스터리는 머지않아 풀렸다. 90년대부터 미국 힙합과 스트리트 문화, 일본의 펑크 문화 등을 한국에 들여오기 시작한 이들은 대부분 부유한 유학생, 교포들이었다. 그들은 대부분 강남에 살았다. 그래서 초창기 한국의 스트리트 문화는 쇼윈도에 가까웠다. 역사도 짧다. 대부분 미국과 일본의 그것을 카피하는 데에서 출발했다. 그런 한국의 기형적인 스트리트 문화와 인물을 최대한 가깝게 들여다보고 글을 쓰는 건 여전히 멋진 일이었다. 어쨌든 내가 살아가고 있는 동시대 사람들과 대한민국 어딘가에서 벌어지고 있는 일을 관찰하고 기록하게 되었으니 그것만으로도 충분히 의미가 있었다.

　한국의 인디 컬처 독립 잡지를 만들고 싶어 모인 발행인과 편집장 아래로 경력직 기자 하나와 신입 기자 하나가 뽑혔다. 짜고 친 고스톱처럼 경력직 기자로 온 선배의 이름은 '나하나'였다. 기자 경험은 전무하지만 선배보다 나이 많은 신입 기자가 바로 나, '조하나'였다. 간혹 독자들이 잡지 크레디트에 오른 두 기자 이름이 의도된 필명이냐는 질문을 하기도 했다. 하나 선배도 나도 본명이었다. 하나 선배는 문예창작과 졸업 후 꾸준히 잡지계에서 경력을 쌓아왔다. 화목한 가정에서 자란, 꺄르륵 소녀 같이 잘 웃는 선배는 늘 따뜻한 글을 썼다. 반면 나는 잡지 경험도, 글쓰기 경험도 없이 홍대 스트리트에서 구르다 얼떨결에 에디터가 된 케이스였다. 까칠하고 시니컬한 쪽에 가까웠다. 선배는 뮤지컬 잡지 출신이라 공연과 배우 쪽을 맡았고, 나는 음악을 좋아하는 홍대 클럽 출신이라 자연스럽게 음악과 라이브 공연 쪽을 맡게 됐다. 이름은 같고 성격과 스타일은 극과 극인 두 '하나'가 한 권의 잡지에서 만들어내는 밸런스는 꽤 멋졌다. 편집장은 이미 계획이 다 있었다.

　우리가 좋아하는 걸 사람들에게 알리는 잡지를 만들어보자고 했다. 순수하고도 순진한 창간의 변이었다. 잡지 경험이 전혀 없었기에 모든 과정 하나하나가 배움이었고, 재밌었고, 신기했다. 막상 창간지 준비가 시작되자 일손이 달렸다. 기자 둘이 매달 책 한 권을 만들다 보니 작업량이 상당했다. 일을 따로 배울 시간이 없었다. 기획안부터 막막했다. 아이템 회의에서 '발제'는 뭐고 '꼭지'는 뭔지 기본적인 잡지 출판 용어도 모르는 상태에서 책의 반을 채워야 하는 책임을 맡았다. 인턴 기간 동안 일을 먼저 배우고 내 이름 박힌 기사를 쓰는 입봉은 한참 후에 하게 될 줄 알았는데 창간호와 동시에 입봉하는 신입 기자라니! 정기자 명함을 받으려면 2~3년 어시스턴트 생활을 해도 될까 말까인데 돈 없고 힘없는 신생 잡지에서 나는 되레 날개를 달았다.

인디 신의
외인구단

잡지에 대해, 취재에 대해 조금도 몰랐던 도화지 같던 내가 기획 회의에서 낸 창간호 아이템은 이랬다. 당시 박웅현의 책을 읽고 있어서 그를 인터뷰하고 싶다고 했다. 〈어둠 속의 대화〉 전시에 다녀온 직후라 그 이야길 했고, 홍대 놀이터에서 매일 저녁 탭댄스를 접목시킨 라이브 밴드 공연을 하는 '사운드박스'라는 팀의 사연이 궁금해 그들 이야기도 했다. 그랬더니 편집장이 모두 '오케이' 해버리는 게 아닌가.

발등에 불이 떨어졌다. 아직 창간도 안 한 잡지에서 인터뷰해 달라고 요청하면 나라도 안 할 것 같았다. 의기소침해졌다. 거절당할 이유만 수십 가지를 생각했다. 한숨만 수십 번 쉬다가 포털에 TBWA를 검색해 대표번호로 전화를 걸어 무작정 박웅현 선생님을 바꿔 달라고 했다. 그리고 아주 솔직하고 수줍게 얘기했다. 이제 갓 창간을 앞둔 독립 잡지인데, 선생님 책을 너무 재밌게 읽어서 꼭 만나 뵙고 인터뷰하고 싶다고. 일면식도 없고 바쁘신 것도 너무 잘 알고 있지만 내 기자 커리어에 있어 최초의 인터뷰이가 될 테니 시간을 내어주실 수 있냐고. 그는 흔쾌히 인터뷰를 수락했고 바쁜 스케줄에도 어렵게 시간을 쪼개 내어주었다.

인터뷰를 어떻게 해야 하는지, 질문은 어떻게 해야 하는지, 기사는 어떻게 써야 하는지 아무것도 몰랐다. 기존 한국 잡지의 딱딱한 문체와 어투, 거만한 애티튜드가 싫어 인터뷰 상황을 그대로 살리는 구어체를 쓰기로 했다. 인터뷰를 그대로 옮기면 '~했구요'라는 표현이 많았다. 표준 맞춤법에 의하면 '했고요'로 고치는 것이 맞지만 말의 맛을 살리기 위해 일부러 맞춤법을 어기고 그대로 책을 냈다. 인터뷰이와 인터뷰어가 서로 반말로 대화했다면 그대로 지면에 옮겼다. 최대한 현장감을 살리려 했고, 강한 펀치의 질문이

나오기 전후의 스토리 흐름도 인터뷰 기사에 실었다. 인터뷰하는 도중 자연스럽게 찍은 사진들을 썼다. 패션지가 유광지를 쓰는 이유는 광고 상품과 브랜드 제품이 잘 나와야 하기 때문인데 글을 읽기엔 영 눈이 불편했다. 우리는 패션지가 아니고 광고도 그리 많지 않아 글이 많은 책을 만들 때 쓰는 일반 종이를 썼다. 글을 읽기에 눈이 편했다.

기자가 되기 전까진 '언론은 객관적 입장을 견지해야 한다'는 말을 막연하게 받들고 살았는데 기자가 되어 기사를 쓰면서 정반대로 바뀌었다. 인터뷰어가 던지는 모든 질문엔 자신의 가치관과 색깔, 방향, 의도가 내재되어 있다. 이걸 억지로 숨기고 객관적인 척하는 것보다 자신을 드러내는 것이 좋다. 인터뷰이와 생각이 달라 부딪히는 갈등, 함께하는 공감이나 연대 역시 드러내는 게 좋은 기사라는 생각이다. 내가 독립적이고 독창적이며 나만의 스타일을 가진 기자가 될 수 있었던 이유 중 하나가 바로 편집장 덕분이었다. 그녀는 기획, 취재, 기사 송고 등 모든 과정에 최소한으로 개입했다. 스스로 깨치며 단단해질 거란 믿음이 있어 그랬다고, 그녀는 몇 년 후 그 이유를 들려줬다.

기자 둘이 매달 책의 반을 나눠 채웠다. 기획하고, 취재하고, 섭외하고, 인터뷰하고, 사무실에 돌아와 인터뷰 녹취를 풀고, 기사를 쓰고, 사진을 고르고, 편집 디자이너와 머리를 맞대고 페이지 디자인을 고민하고, 3차에 이르는 교정까지 보고 나면 총무로 인쇄소에 가서 감수까지 했다. 실수는 용납되지 않았다. 한 달 중 마감 일주일은 꼬박 밤을 새웠다. 수년 후 대형 패션지로 옮겨 일을 해보고 나서야 그렇게 일했던 게 미친 짓이었다는 걸 알았다. 대부분 잡지 회사엔 녹취해 주는 인력도, 교정 인력도, 감수 인력도 모두 따로 있었다.

우리는 마치 '공포의 외인구단' 같았다. 잡지는 하늘이 무너져도 매달 같은 날 나와야 했다. 끝내주게 멋진 잡지를 만들면 광고가 저절로 붙을 거란 순진한 기대는 곧 물거품이 되어 사라졌다. 상업 패션지가 아닌 독립 잡지로는 돈을 벌 수 없다는 걸 깨달았다. 잡지로 돈을 벌려면 연예인을 섭외해 협찬 명품을 입히고 화보를 찍어 실어야 했는데, 그들은 우리 관심 밖이었다. 우리 역시 그들의 관심 밖이었다.

잡지 회사는 이벤트 대행으로 따로 돈을 벌어야 했다. 가난한 잡지 회사 기자들은 그 일도 도와야 했다. 각종 페스티벌 및 공연에 마라톤 행사까지 신나게 전국을 휘젓고 다녔다. 백스테이지에서 진행을 돕다가 아티스트를 만나면 갑자기 인터뷰나 취재도 했다. 하지만 우리 모두 정말 재미있게 일했다. 인기도 없고 큰돈도 못 벌지만 누구보다 멋진 일을 한다는 자부심이 있었다. 실전에서 부딪히며 일로 일을 배웠지만 이십 대에 넘어지고 일어났던 많은 경험이 보호대가 됐다. 방황만 하며 채운 불안정한 경험이 전부라고 생각했다. 하지만 그로 인해 기자로서 만난 이들과의 대화는 훨씬 깊고 단단해졌다.

이름 없는 잡지라고 대놓고 무시하는 사람들도 많았지만, 책이 쌓이자 입소문이 퍼지기 시작했다. 잡지 업계의 다른 매체 에디터들도 늘 꿈꾸던 잡지가 드디어 나왔다고 응원을 보내왔다. "이 친구들, 꽤 멋진 책을 만드는 사람들이야"라며 섭외에 흔쾌히 응해주는 이들도 많았다. 정말 만나고 싶은 인터뷰이를 섭외할 땐 지난 잡지를 몇 권 추려 정성스럽게 쓴 손 편지와 함께 보냈다. 나는 이렇게 멋진 인터뷰를 하고 기사를 쓰는 사람이니 원한다면 인터뷰에 응해주세요, 하는 의미였다. 그럼 언제나 긍정의 답이 돌아왔다. 진심은 배신하지 않았다.

홍대 밤거리를 정처 없이 헤맨 숱한 밤들, 전국에서 모인 사람들로 바글거리던 홍대 길바닥에 혼자 앉아 숱하게 태운 담배들, 뭐가 뭔지 하나도 모르겠는데 남들이 정신 차린 척하니 괜히 무언가 깨달은 척했던 기만의 시간, 그 이유 없는 목마름과 방황, 실패엔 모두 이유가 있었다. 수많은 사람들의 이야기는 마음을 뜨겁게 덥혔다. 예술가로서의 방황과 고뇌와 슬픔과 절망에 공감할 수 있었다. 어느 지하 라이브 클럽, 듣는 이 하나 없어도 연주를 이어가는 밴드 공연을 보고 그저 노래가 좋아 즉석에서 인터뷰를 청하기도 했다. 내 눈엔 그들이 누구보다 멋져 보였다. 머리를 조금만 써서 계산기를 두드려 보면 전혀 타산이 맞지 않는다는 걸 알면서도 선택한 삶, 그 삶으로 만든 음악에 대한 리스펙트를 가지고 인터뷰를 시작하면 누구 하나 마음을 열지 않는 이가 없었다. 상처받은 자는 다른 사람의 상처를 알아본다. 죽이 되든 밥이 되든 우리가 할 수 있는 건 연대뿐이었다.

2010년대 이미 비정상적으로 치우친 아이돌 문화 산업이 더욱더 몸집을 키우면서 인디 음악은 제대로 자리 잡을 기회조차 없었다. 흩뿌려진 물감처럼 홍대와 이태원 이곳저곳에서 음악을 하던 이들은 그저 제 할 일을 꾸준히 했다. 음악을 만들고 공연을 하는 일. '어차피 우린 안 될 거야'라는 무기력함과 잉여로움이 인디 음악의 캐릭터가 되어가는 게 가장 못마땅했다. 한국의 대중문화는 폭력적이고 추하다. 부끄럽지만 사실이다. 큰 영향력을 가진 방송국 사람들은 끝내 한국 음악계를 아이돌로 채워버렸다. 직접 곡을 만들고 연주하는 인디 밴드와 비교했을 때 아이돌 무대는 투자 대비 큰 수익을 얻을 수 있다. 콘텐츠 반응도 즉각적이고 이를 재가공해 해외 수출까지 할 수 있다. 밴드 한 팀을 음악 방송에 출연시키려면 사전 음향 준비부터 포스트 프로덕션까지 시간도 돈도 많이 들고 골치도 아프다. 그에 비해 수익은 많지 않다. 투자 대비 이익, 철저한 경제적 논리만 적용된다.

일본은 인디 신Scene에서 그들이 하고 싶은 음악과 공연을 하면서도 생계유지가 가능하다. 기본적으로 인구가 1억 명 이상은 되어야 인디 문화가 발전할 수 있단 이론에 '인디 음악 신이 돌아가려면 통일부터 해야겠구나' 하고 생각한 적도 있다. 문화에 충분한 시간을 할애하지 못하면서도 소줏집에 앉아 인사불성이 될 만큼 술을 들이부을 시간은 있는, 피곤하고 스트레스 많은 직장인이 대다수인 사회에서 인디 음악 신이 커질 리가 없다. 나 역시 문화 신을 기웃거리는 게 업이 아니었다면 나만의 음악 취향을 가꾸기 어려웠을 일이다.

음악이라는 예술이 가져야 할 최소한의 낭만도 존중받지 못하는 시대가 되어버렸다. 그러나 아무도 문제를 제기하지 않았다. 문화를 탐닉하며 돈까지 벌 수 있다는 건 에디터의 특권이니 이왕 하는 거 그 특권을 제대로 써보기로 했다. 인디 뮤지션을 만나 계속해서 질문을 던졌다. 답은 없지만 몇 년을 그렇게 떠들었다. 적어도 문제를 바라만 보다 체념해 버리진 않았다. 계속해서 바락바락 소리 지르고 따지고 질문했다. 정작 해결책을 제시하지도 못 하면서 뭐 그리 떠들기만 하냐 해도 어쩔 수 없다. 결국 모든 게 소용없었다고 해도 상관없다. 그래도 따지고 떠들고 끊임없이 시끄럽게 굴어야 뭐라도 바뀐다는 생각엔 변함없다. 그때 나는, 그리고 우리는 정말 멋있었다.

늘 현장에 있는 에디터가 되고 싶었다. 인디 신에 있는 친구들을 위해 해줄 수 있는 건 그것밖에 없었다. 그들의 노래를 듣고 계속해서 이야기를 만들어내는 것, 그게 바로 내가 할 일이었다. 텅 빈 공연장에서 듣는 이 없이도 모든 것을 다해 노래하는 이들처럼 나 역시 보는 이가 없더라도 책을 만드는 건 의미 있는 거라 마음을 다독이곤 했다. 정말 좋은 음악과 뮤지션이 있는데 알고도 안 듣는 것과 몰라서 못 듣는 건 엄연히 다르다. 적어도 좋은 음악을 몰라서 못 듣는 일은 없어야 한다는 게 〈파운드〉라는 독립 잡지에서 음악 전문 에디터로 수년간 일하며 끊임없이 되뇐 명분이다.

누가 뭐래도
당신은 나의 록 스타

잡지사 피처 에디터가 무슨 일을 하는지도 모른 채 창간도 안 한 독립 잡지에 들어가 의도치 않게 음악 '전문' 에디터가 되었다. 내가 할 수 있는 건 오직 하나, 음악을 많이, 또 발 빠르게 듣는 것뿐이었다. 뮤지션이 말을 걸어오는 음악, 그것이 좋은 앨범의 기준이었다. 내가 글로 마음을 쓰듯 뮤지션들은 음악으로 자신을 찾아가고 있었다. 좋은 앨범을 찬찬히 듣다 보면 끝없이 질문이 떠오른다. 그렇게 앨범이 말을 걸어오면 그 뮤지션의 라이브 공연을 직접 보러 갔다. 한국 인디 음악 신에서도 잘 알려지지 않은 밴드들은 주로 평일 무대만 허락된다. '수요일 밴드', '목요일 밴드'로 불리는 이들은 관객 하나 없는 텅 빈 공연장에서 공연하기 일쑤다. 그러다 관객이 열 명이 되고 오십 명이 되면, '금요일 밴드', '토요일 밴드'가 된다. 적어도 인디 음악 팬들에게만큼은, 아니 우리에게만큼은 록 스타였다.

한국의 경제 성장률과 문화 성장률은 비례하지 않았다. 페스티벌이나 공연으로 내한하는 해외 뮤지션들은 보통 음반 판매량이 높은 일본이 주 목적지였고, 한국은 지나가는 길에 들르는 곳에 불과했다. 해외 뮤지션들이 볼 때 한국은 참 이상한 나라였다. 수치상 한국에서 음반은 전혀 팔리지 않는다고 나오는데 막상 내한 무대에 오르면 '떼창'하는 관객을 만날 수 있다며 신기해했다. 획일화된 아이돌 일색인 'K-팝'의 나라에서 기대하지 못했던 반응이라며 의아해했다. 한국 문화계에도 양극화의 골이 깊어지는 시기였다. 대부분 이를 방관하거나 이용하거나 둘 중 하나였다.

한국에 대중적으로 알려진 대형 팝 스타들은 대기업 협찬으로 엄청난 개런티를 받고 내한했다. 어차피 그런 팝 스타들은 대형 패션지나 공중파 티브이 채널이 인터뷰를 독차지했다. 굳이 내가 만나 인터뷰할 필요가 없는 이들이었다. 체급도 맞지 않았고 궁금한 것도 없었다. 덕분에 평소 만나보고 싶었던 이들을 인터뷰하며 실속을 차렸다. 국내엔 크게 알려지지 않았지만, 해외 인디 음악 신에선 유명한 실력 있고 매력 넘치는 뮤지션들을 만나는 게 나만의 틈새시장 공략법이었다. 어떤 기자도 인터뷰를 신청하지 않는, 한국에서 인지도 없는 뮤지션들만 골라서 만나고 싶다고 하니 음반사나 에이전시가 오히려 이유를 궁금해한다.

"앨범이 너무 좋아서요!"

정말 그랬다. 당연하고 본질적인 이유에서였다. 제작비가 많지 않은(거의 없다고 해도 무방할) 독립 잡지 에디터로서 승부할 수 있는 거라곤 현장을 지키는 부지런함이었다. 사실 스튜디오나 헤어·메이크업 스태프, 스타일리스트 등을 섭외할 제작비가 없어 인터뷰 진행 도중 자연스럽게 사진을 찍어 다큐멘터리처럼 기사에 넣은 것이 우리 잡지만의 개성과 매력이 되었다. 하지만 비싼 옷을 입고 예쁘게 가꾸고 현란한 조명 앞에서 사진을 찍어 포토샵으로 닦아낸 화보에 익숙한 연예인들은 민낯을 드러내려 하지 않았다.

유명하지 않은 잡지에, 화보도 안 찍고 브랜드 협찬도 없이 긴 인터뷰를 하겠다고 하니 일단 매니저 선에서 통과되기 힘들었다. 매체 이름에 힘이 없으니 무시하는 이들도 꽤 많았다. 하지만 우리 잡지도 나도 기죽는 스타일은 아니었다. '나랑 인터뷰 못 하는 너희가 손해지' 하는 자존심은 있어야 버틸 수 있는 순간도 많았다. 그런가 하면 인터뷰의 '인' 자만 나와도 "감사하다" 말하는 아티스트들도 있었다.

어떤 이들은 지면 한 토막에라도 자신의 이야기가 실리길, 누군가가 자신의 이야기를 들어주길 간절히 바라고 있다. 잡지뿐 아니라 이 세상 모든 직업 세계가 본질적으로 '사람'에 대한 일이라 생각한다. 사람이 사람을 만나고, 이야기를 나누고, 공감하고, 연대하고, 삶에 활기를 불어넣고, 의미를 부여하는 일 말이다.

나는 신중하게 말하고 쓰는 사람이다. 적어도 기자라면, 에디터라면, 말과 글을 다루는 사람이라면 그래야 한다. 말과 글의 힘이 얼마나 강한지 안다. 잡지판에서 일하다 보면 기자가 무슨 권력이라도 가진 양 말과 글을 무기로 이용하는 이들을 가까이에서 본다. 그 칼에 베여 피 흘리는 사람들도 가까이 보게 된다. 적어도 글로 밥 벌어먹는다고 명함을 내밀려면 스스로 떳떳해야 한다. 자신의 이름 석 자로 글을 쓰거나 말을 하는 사람은 책임감과 윤리 의식이 더욱더 필요하다.

처음 만나 통성명만 마친 사람에게 "부모님은 어디 사세요?"라고 물었는데 돌아오는 대답이 "저는 부모님이 없는데요"일 수 있다. 무심코 "여자 친구 있어요?"라고 물었는데 "저는 게이입니다"라는 대답이 돌아올 수도 있다. 자신에겐 당연한 전제가 누군가에겐 폭력일 수 있다. 어림잡지 말 것, 예상하지 말 것, 아는 척하지 말 것. 세상의 다양성에 대한 존중을 나는 전부 인디 신에서 배웠다.

저는
인디 출신입니다만

영세한 독립 잡지에서 피처 에디터 일을 시작한 덕에 갖가지 실험을 통해 나만의 인터뷰 스타일을 만들 수 있었다. 인터뷰 준비는 철저하게 했다. 인터뷰이의 호감을 얻으려면 그만큼의 관심과 노력을 기울여야 한다. 하지만 막상 인터뷰가 시작되면 자연스러운 흐름에 맡겨 즉흥적으로 전개하기도 한다. 인터뷰는 기본 한 시간 이상은 해야 한다. 특히 인터뷰 시작 전 워밍업에 공을 많이 들이는 편이다. 이때 인터뷰어와 인터뷰이는 알게 모르게 기 싸움 같은 걸 하는데, 나는 초반에 일부러 주도권을 상대에게 넘긴다. 그리고 내 이야기를 더 많이 한다. 세상 어느 누가 방금 만난 사람에게 자신의 속 이야기를 모두 털어놓겠나. 더욱이나 예전의 안 좋았던 인터뷰 경험 때문에 기자라면 일단 경계부터 하는 인터뷰이도 많았다.

막상 마주해 보니 대중에 알려진 모습이나 예상과 정반대인 사람도 있다. 그럼 준비해 간 질문지는 모조리 소용없어진다. 그래서 에디터에겐 순발력도 중요하다. 직업윤리도 절실하다. 인터뷰는 사람과 사람 사이에 믿음을 쌓아가는 과정이다. 인터뷰이가 나를 믿어도 괜찮은 사람이라고 안심하기 시작하면 스스로 대화의 필터링을 멈춘다. 그래야만 진정한 이야기가 나온다. 우리는 인터뷰가 끝나면 다신 안 보겠지만 인터뷰 내내 세상 둘도 없는 친구가된다. 인터뷰 도중 인터뷰이가 이 이야기는 쓰지 말아 달라고 말하면 무슨 일이 있어도 쓰지 않는다. 그걸로 대중의 관심을 끌려고 욕심을 부리면 안 된다. 나는 단 한 번도 인터뷰이를 배신한 적이 없다.

나와의 인터뷰에서 눈물을 보인 사람들이 꽤 있었다. 함께 취재를 다니던 포토그래퍼가 내 인터뷰는 마치 심리 상담 같다고 했다. 특별한 기술은 없다. 인간은 이러나저러나 모두 외롭고 불안하고 불안정하니 나 역시 그렇다고 인정하고 공을 넘기면 언제나 상대가 화답했다. 대중적으로 인기 많고 잘 알려진 인터뷰이일수록 마음을 쉽게 열지 않는 편이지만 진정한 공감으로 다가가면 오히려 금세 마음을 연다. 폴로어follower가 수백만이면 뭐하나, 막상 자신의 속마음을 얘기할 데가 없는데.

인터뷰를 할 땐 늘 '리스펙트' 하는 마음을 가졌다. 내가 만난 인디 아티스트 대부분은 실용음악과에서 음악을 배우지 않았다. 회화과에서 그림을 배우지 않았고, 연극영화과에서 연기를 배우지 않았다. 나 역시 잡지와 글을 배우지 않았다. 그럼에도 책임감과 사명감을 가지고 열심히, 잘 해냈다. 그게 진짜 멋이라고 생각했고 내가 만난 사람들의 삶과 예술에 진심 어린 리스펙트를 표했다. 인간이 살아온 삶 그 자체에 대한 근본적인 존중과 애정이 마음에 살아 있어야 할 수 있는 일이었다. 이런 마음이 온전히 상대에게가 닿으면 마법처럼 마음의 문을 활짝 열고 삶의 비밀 하나씩을 들려줬다. 나이 서른에 시작한 늦깎이 에디터 생활이었지만 그런 내가 꽤 마음에 들었다.

에디터 지망생이라며 길을 묻는 이들에게 한결같이 답한다. 많이 겪고, 많이 넘어지고, 많이 다치고, 많이 실패하고, 많이 듣고, 보고, 울고, 웃으라고. 삶의 어두운 순간에 누군가의 글이나 영화, 음악이 당신을 살렸다면 그 문화에 대한 리스펙트를 갖고 에디터 일을 하라고. 그럼 이 일을 절대 허투루 할 수 없을 거라고.

글을 쓴다는 게 딱 떨어지는 결론이나 객관적 수치로 따질 수 있는 게 아니라서 잘하고 있는 건지, 내 실력이 어느 정도인지, 어디까지 왔는지, 옳은 방향으로 가고 있는지 밸런스를 잡기 힘들 때가 있다. 스스로 질문하고 답을 찾아야 했다. 좋은 기자란 무엇인가. 무엇을 위해, 누구를 위해 글을 쓸 것인가. 한 해, 두 해, 시간을 보내며 서서히 다다른 결론은 한결 담백해졌다. 인터뷰이, 글 속 주인공의 마음에 드는 인터뷰 기사를 쓰는 것. 시대를 꿰뚫는 본질을 담을 것. 내가 만난 사람들이 지키려는 '인디 정신'이 진짜 멋이라는 걸 알리고 그것을 진심으로 지지할 것. '나는 늘 당신의 편'이라는 마음으로 인터뷰이를 대하고 글을 쓸 것.

인터뷰를 하다 보면 '이거다' 하는 순간이 온다. 대화를 관통하는 힘 있는 메시지가 나오는 순간. 얼마나 짜릿하고 행복하고 보람된지 모른다. 그 메시지를 담은 기사를 인터뷰이가 읽고는 오랫동안 빠져나오지 못하던 슬럼프를 이겨내거나 절망 속에서 희망을 찾았다는 피드백을 보내오곤 했다. 할 일을 제대로 해낸 기분이었다. 사람을 살리는 인터뷰를 하고 싶었으니 말이다.

인터뷰 기사를 보면 인터뷰어가 보인다. 그래서 인터뷰어가 누구냐에 따라 동일 인물인데도 기사가 전혀 다른 사람처럼 나온다. 좋은 대답은 좋은 질문에서 나온다. 좋은 질문은 좋은 사람만이 던질 수 있다. 당연하게도 좋은 사람이 좋은 글을 쓴다. 거대하지만 텅 빈 자아가 쓴 글은 폼만 잡다 만다. 금세 지쳐 떨어져 나간다. 기초 체력을 키워야 한다. 책도 많이 읽고, 음악도 많이 듣고, 영화도 많이 보고, 그림도 많이 보고, 아티스트와 공감도 하고, 사랑도 하고, 실패도 하고, 미친 짓도 해보고, 부끄러운 짓도 해보고, 웃고, 울고, 살아봐야 한다. 그 모든 경험이 세상과 다른 이들과 공감하는 능력이 된다. 그렇게 스스로 부끄럽지 않은 좋은 에디터가 된다.

인왕산 끝자락에 자리잡은 집에서 만나 뵌 장사익 선생님은 인터뷰가 끝나고 잡지가 나온 뒤 당신이 쓴 손 편지로 마음을 전해왔다. 공연장 대기실에서 시작해 공연이 끝난 뒤 심야 영업하는 카페로 자리를 옮겨 대여섯 시간 넘게 진행했던 국카스텐 하현우와의 인터뷰는 여전히 수만 명이 찾아보는 글이 되었다. 인터뷰 절대 안 하기로 유명한 나얼은 사진 촬영을 하지 않는다는 조건으로 끈질긴 나의 인터뷰 제안을 수락했다. 그리고 인터뷰 도중 스스로 그 조건을 없애고 사진 촬영을 허락했다. 매니저, 회사 관계자들은 물론 팬들도 놀랐다. 나도 놀랐다. '홍대 여신'이라는 요상하게 비틀어진 여성 차별적 타이틀 아래 한국 사회의 여성 뮤지션에 대한 관념을 깨보고 싶어 진행한 요조와의 인터뷰는 이후 여러 해 동안 많은 이들에게 회자되었다. 당시 〈라디오 스타〉 고정 MC에 살인적인 예능 스케줄을 소화하면서도 〈월간 윤종신〉으로 매달 신곡을 발표하는 윤종신의 열정을 응원하고 싶어서 어렵게 인터뷰를 성사시키기도 했다. 이후, 윤종신은 다른 매체로부터 인터뷰 요청을 받을 때마다 "내가 하고 싶은 말은 조하나 기자 인터뷰 기사에 있어요"라고 말했다.

구남과여라이딩스텔라, 조정석, 빈지노, 넬, 이이언(MOT), 검정치마, 장기하, 최백호, 차승우, 이센스 등 많은 아티스트들과의 인터뷰는 순전히 사심 어린 존경에서 시작됐다. 10년 후인 지금 읽어봐도 여전히 빛나는 부끄럽지 않은 이야기들이다.

다른 이의 다양한 삶을 아주 가까이에서 들여다보는 일을 하면서 마침내 스스로 삶을 들여다보게 되었다. 나라는 사람이 어떤 사람인지 찬찬히 살피게 됐다. 또 그런 모습을 숨길 필요가 없다는 걸, 세상 마음에 드는 사람이 되지 않아도 된다는 걸, 다른 이들이 어떻게 생각하는지 눈치 볼 필요가 없다는 걸 깨달았다. 이전까진 머리로만 알았던 걸 비로소 실천하게 된 것이다.

세상으로부터 배운 거짓말 속에서 스스로 깨친 값진 진실이었다. 남들과 다르다는 것이, 남들보다 느리다는 게 더 이상 불안하지 않았다. 자연스럽게 자존감이 높아졌다. 그러자 혼자 있는 시간이 더 이상 두렵거나 외롭지 않았다. 스스로를 들여다보고 나와 대화하는 시간이 많아졌다. 행복은 학습이다. 행복해 본 사람이 행복을 안다. 점차 인생의 가치관과 방향이 단단하게 정해지고 있었다. 다른 사람들을 인터뷰하고 글을 쓰는 일을 통해 나의 성장이 이뤄졌다.

자연스럽게 잡지판에 내 이름이 알려졌다. 대형 패션지에서 스카우트 제의가 들어오기 시작했다. 공개 채용을 하지 않기로 유명한 패션지 업계는 보통 이렇게 정기자 자리를 채운다고 했다. 기본 2~3년은 어시스턴트 생활을 해야 인턴이 될까 말까에, 운이 좋아 자리가 나도 정기자가 될까 말까 한다는 그 패션지 피처 에디터 자리다. 내가 기자 일을 시작할 땐 나이가 많다고 받아주지 않던 그곳. 기분이 묘했다.

남성 패션지 〈아레나 옴므 플러스〉 피처 팀 이우성이라는 기자의 전화를 받았다. 휴대폰도 아닌 〈파운드〉 사무실로 걸려온 전화였다. 일면식도 없지만 내 기사를 너무 잘 보고 있다며 〈아레나〉로 옮길 생각이 없는지 물었다. 생각해 보겠다고 했다. 이후 〈아레나〉 편집장에게 연락을 받았다. 알고 보니 우성 선배와 편집장은 서로 이야기 없이 각각 따로 나에게 연락한 거였다. 이리도 뜨거운 '더블 콜'이라면 나를 존중해 주는 곳에서 내가 존중하는 아티스트들의 이야기를 더 많은 사람에게 알릴 수 있지 않을까. 내 출발과 시작이 워낙 단단했기에 더 이상 두려움은 없었다. 〈아레나〉 피처 팀으로 출근하니 사람들이 물었다.

"어디 출신이세요?"

대형 상업 패션지에서 이 질문은 어느 잡지 어시스턴트 출신이냐는 의미가 담긴 '그들만의' 질문이다. 그럴 때마다 씩 웃으며 답했다.

"저는 '인디' 출신입니다만?"

텅 빈 공연장,
유일한 관객이 보내는 박수

　에디터 생활을 시작한 소규모 독립 잡지에서 대형 패션 잡지 회사로 자리를 옮겼다. 독립 잡지에선 촬영 전용 스튜디오나 포토그래퍼, 헤어, 메이크업 스태프 섭외는 꿈도 못 꾼다. 그러니 잘 닦이고 꾸민 사진 촬영밖에 안 해본 사람들을 인터뷰이로 섭외하는 건 불가능했다. 전화를 걸어 잡지 이름을 대는 순간, 스타의 매니저들은 "네? 어디라고요?" 하고 되묻곤 했다. 전화 통화임에도 미간에 잡히는 신경질적인 주름이 보이는 것 같았다. 그래서 화려한 비주얼 대신 진중한 이야기를 책에 채우기로 했다. 글이 중요하니 인터뷰가 중요했고 그러다 보니 인터뷰이, 사람 그 자체가 중요했다. 지금까지도 그렇게 많은 글을 화보 대신 채운 잡지는 다시 보지 못했다. 〈파운드〉가 유일했다.

잡지 창간 후 얼마 안 되었을 때 평소 좋아하던 작가에게 매달 한 페이지씩 칼럼을 써줄 수 없겠느냐고 부탁했다. 이름이 알려진 작가라 고료가 적지 않을 거란 예상은 했지만 말 그대로 아무것도 몰랐던 '초짜 에디터'였기에 겁 없이 들이민 거였다. 작가는 단칼에 거절했다. 고료가 적다는 것이었다. 그땐 글을 쓰는 나조차도 '에이, 한 페이지 금방 쓰는데 뭐 그리 까다롭게' 하는 마음이 있었다. 부끄럽고 경솔한 생각이었다. 몇 번을 매달리고 사정하자 작가는 이유를 설명했다.

"이 바닥에서 수십 년 글을 썼는데 지금까지 고료가 그대로예요. 만약 기자님 제안을 받아들이고 그 고료로 글을 쓰면 후배들은 더 적은 돈을 받고 글을 써야 하잖아요."

머리가 멍 했다. 왜 글 쓰는 사람에게 값을 제대로 치르지 않을까. 왜 우리가 누리는 문화에 제값을 매기지 못할까. 그 길로 편집장에게 달려가 고료를 제대로 맞춰주길 설득했다. 좋은 글을 싣기를 원한다면 우리라도 그에 합당한 보상을 하는 게 옳다고. 잡지는 유명세를 탔고 멋지다는 환호도 많이 받았지만 해가 지날수록 한계가 느껴졌다. 여러 잡지사 기자를 한자리에서 만날 기회가 간혹 있었는데 가끔 모르는 얼굴의 후배 기자들이 수줍게 다가와 내 기사를 칭찬해 줬다. 그럴 때면 화끈거리는 얼굴로 괜히 딴소리를 했다. 내가 얼마나 불경하고 나태한 마음으로 글을 쓰고 일을 하고 있는지 그대들은 모를 거야.

사실 지쳐가고 있었다. 끝이 안 보이는 장거리 마라톤을 뛰는데 물 한 모금 못 마시고 있었다. 어디까지 얼마나 더 뛰어야 하는지도 모르는데, 계속해서 앞으로 가라고만 하니 한계에 다다랐다. 다리에 경련이 오고 숨이 턱까지 찼다. 언제까지 버틸 수 있을지 자신이 없었다. 잡지 수익화의 답은 우리 모두 이미 알고 있었다. 아이돌을 커버로 쓰고 브랜드 협찬을 받아 사은품을 끼워 팔면 된다. 그러려면 기존의 상업지와 다른 길을 가겠다는 창간의 변을 은근슬쩍 뭉개야 한다. 우리는 자존심을 지키기로 했다.

잡지가 좋으면 팔릴 거라 생각했다. 순진했고 무모했고 그래서 멋있었다. 그렇다고 많이 팔리지 않는 잡지를 자존심만으로 계속 낼 순 없었다. 계속되는 운영 적자의 희생양은 결국 우리의 멋진 잡지를 통해 살리겠다던 인디 아티스트였다. 잡지에 실어준단 명목으로 아티스트에게 제값을 쳐 지불해야 할 사례를 모른 척하는 경우가 많아지기 시작했다. 매달 하루도 정해진 날짜를 어기지 않고 한 권의 책을 꼬박꼬박 수년째 만들어 온 에디터에 대한 열악한 처우는 차치하더라도. 우리가 창간 명분으로 내건 '인디 아티스트를 위한 멋있는 잡지'는 빛을 잃었다. 자존심마저 무너지기 시작했다.

그 시절 그 바닥에서 경멸했던 건 스스로 시스템에서 소외된 소수자라, 열차의 꼬리 칸 사람이라 부르짖으면서도 자기만 양갱하나 더 먹겠다고 같은 칸 사람을 열차에서 밀어버리는 사람이었다. 좋아하는 일을 하게 해주겠다며 젊은이를 무보수로 부려 먹고, 경험 쌓게 해주는 거라 생색냈다. 인디 신 관련 산업계는 대부분 그랬다. 아니, 대한민국이 다 그랬다. 오래전부터 어디든 다들 그렇게 해왔다는 '관행' 때문이었다.

인디 레이블이 인디 아티스트들의 몇 푼 안 되는 공연비를 오랫동안 꾸준히 빼돌렸다. 벼룩의 간을 빼먹는 사람은 어디든 있다. 한국 인디 신에서 제일 잘 나간다는 밴드도 공연비가 한 회에 일, 이백만 원이 전부였는데, 가랑비에 옷 젖듯 수년간 빼돌린 돈이 몇 천이었다. 이런 사기극이 알려지자 인디 신의 수호자라도 된 듯 온갖 정의와 공정을 외치던 평론가와 레이블 관계자들이 죄다 약속이라도 한 듯 입을 싹 닫았다. 이 문제가 공론화되면 이로부터 자유로울 인디 레이블, 관계자들이 하나도 없기 때문이었다. 그럴 땐 또 잘도 뭉쳐 서로 뒤를 봐주며 쉬쉬했다. 그걸 지켜보고 있으려니 신물이 올라왔다. 음악을, 문화를, 예술을 사랑한다는 이들의 암묵적 침묵에 깊은 배신감과 절망감을 느꼈다.

대한민국의 인디 신이 지금껏 잘 안되는 데엔 이유가 있다. 앞으로도 잘 안될 게 분명했다. 그때 책임을 져야 했던 사람들은 지금도 '인디'의 순수와 열정에 대해 떠들며 인디 신에 대한 지분을 주장한다. 한국에 인디 신이라는 게 있다면 그리고 누군가가 가져야 할 공이 있다면 그것은 앞뒤 재지 않고 순수하고 성실하게 무대를 채운 아티스트의 것이다. 여전히 영세한 독립 잡지에서 일을 시작한 것에 후회는 없다. 기자로서의 가치관과 목적, 이유, 직업윤리와 나아가야 할 방향, 이 모든 게 단단하게 자리 잡을 수 있는 토대가 되었으니까. 주류 시스템과 다수의 마음에 안 든다는 이유로 혹은 그들의 눈에 들 기회조차 없었다는 이유로 소외된 이들, 약한 이들, 소수에 시선을 두는 훈련이 자연스럽게 이어졌다.

보이지 않는 곳에서 노래를 지어 부르는 뮤지션의 가치도 화려한 K-팝 스타만큼 주목받아야 한다는 것, 폴로워가 많지 않다고 해서 덜 가치 있는 사람이 아니라는 것, 취향도 꾸준히 배우고 가꾸고 다듬어야 한다는 것, 그 과정에서 스스로 되돌아보고 살펴야 한다는 것, 그리고 취향이 좋은 이들은 영혼에서도 향기가 난다는 걸 현장에서 직접 보고 배웠다. 자신이 좋아하는 인디 뮤지션의 휑한 공연장을 찾아 음악을 즐기고 박수를 보내고 앨범을 사는 이의 마음은 세상 무엇보다 선하고 순수하다. 노래 하나가 세상을 바꾼다는 건 결코 불가능한 이야기가 아니다. 이미 내 세상을 바꾼 노래, 영화, 그리고 수많은 아티스트가 있다. 기자, 또는 에디터라는 직업은 언제나 그들을 향한 사랑과 존경을 표하는 일이었다.

인디 신에서 없는 사람이 없는 사람을 갉아먹고 사는 모습에 진력이 났다. 나만의 동력도 떨어졌다. 자생 능력 없는 한국의 인디 문화 신이 갖가지 부조리와 정치 싸움에 서서히 흐려져 가고 있었다. 그럼에도 불구하고 계속해서 인디 아티스트의 이야기를 썼다. 내 글이 실리는 지면의 힘이 조금이라도 더 생긴다면 그들에게 도움이 되지 않을까, 민망한 사명감도 생겼다.

너만의
문장을 써

작은 독립 잡지에서 대형 패션지로 자리를 옮긴 후 한동안 이러지도 저러지도 못하며 시간을 보냈다. 오랜 시간 대한민국을 관통해 온 메이저 잡지사의 시스템은 생각보다 견고하고 경직됐다. 확고하게 서열화된 시스템에서 선배들의 권력은 막강했지만 정작 책임져야 할 땐 비겁하게 적당히 물러섰다. 대한민국 월급쟁이들이 모인 그저 그런 보통의 회사였다. 예상 못한 건 아니었다. 애초에 그런 사회에 온전하게 받아들여질 거란 기대도 없었다. 그래도 한번 해보자는 생각이었다. 한국의 대형 상업 패션지, 그것도 남성지에서 일하면서 가장 고군분투했던 건 직장 내 성희롱이나 성차별이 아니었다. 그건 차라리 나서서 대들고 싸울 수 있는 문제였다. 사회생활 몇 년에 걸쳐 그 정도 내공은 쌓여 있었다. 남성지가 보는 여성에 대한 인식. 남성지에서 일하는 여자 에디터로서 알싸하게 피부로 느낀 벽이 이것이었다. 그 벽은 아주 오랜 시간 동안 조금씩, 아주 조금씩, 조금 더 차갑게, 두텁게, 높게 쌓아 올려져 쳐다볼 엄두조차 나지 않았다.

한국 사회에서 배울 만큼 배웠다는 지적 허영에 패션과 스타일, 심미안까지 장착했다는 남성들의 욕망의 정점, 남성지였다. 그 세계를 엿보는 동안 선택해야만 했다. 이들과 함께 벽 안에 서거나 벽을 넘어 저편에 서거나. 피처 팀엔 나를 제외한 모든 기자가 남성이었다. 각종 명품 브랜드와 대기업 패션 브랜드, 홍보 대행사, 방송국, 잡지사, 연예기획사, 유흥업소 등 모든 게 유기적으로 또 효율적으로 굴러 돌아갔다. 그 거대한 톱니바퀴의 구성원은 대부분 남성이었다. 이슈를 선점하고 공론화 여부를 결정해 여론을 지배했다. 보이는 걸 안 보이는 척하거나 눈을 가렸다. 우리는 모두 그저 돈을 좋아하는 월급쟁이였다. 천방지축 제멋대로 살아온 내가 어른의 세계에 발을 들여놓은 듯했다. 비열한 어른이 되어야 하는 타이밍이었다. 혼자 싸운다고 바꿀 수 있는 게 아니었다.

사무실을 나서 스튜디오로 향할 때 선후배 기자들은 "섹시하게 찍어 와!" 하며 한쪽 눈을 찡긋했다. 대체 '섹시'한 건 뭘까. 나에게 '섹시'는 비욘세다. 자신이 주도권을 갖고 무엇을 하고 있는지 확실히 알고 어떤 옷을 왜 입었는지, 어떤 재능을 가졌는지도 아는 여자. 또한, 그걸 당당하게 이용할 줄 아는 것. 그만큼 스스로 가치 있는 여자라는 걸 제대로 인지하고 그에 대한 보상을 떳떳하게 요구하는 것.

하지만 현실에서 함께 일하는 남자들은 대부분 '섹시'와 '섹스'를 구분하지 않았다. 여성은 대상화될 뿐이었다. 남성지는 세상 쿨한 척 사회, 경제, 정치, 문화 등 온갖 이슈에 대해 떠들지만 여성 아티스트를 대하는 시선과 태도는 한없이 가볍고 얕고 저급하다. 아무도 그들의 예술과 자아에 대해 궁금해하지 않았다. 얼굴과 몸매, 그녀의 남자 친구가 궁금할 뿐이었다. 회사는 최대한 벗겨서 찍어오라 했지만 난 최대한 입혀서 찍었다. 인터뷰할 땐 일부러 그들의 작품 활동에 대한 질문만 했다. 여성지였다면 피부 관리법이

나 화장법을 물었을 테고 남성지라면 어떤 스타일의 남자를 좋아하냐고 물어야 했지만 일부러 안 그랬다. 나름의 반항이었다. 여자 아티스트는 예상치 못했던 진지한 질문에 눈을 반짝이며 내게 바싹 붙어 앉아 신나게 자신의 세계를 이야기했다. 여태 들어주는 이가 없었기에 하지 못했던 그녀들의 이야기는 언제나 차고 넘쳤다.

대한민국 모든 잡지 아니 모든 미디어 생태가 그렇듯 기자들의 명줄을 좌지우지하는 건 광고주다. 대형 상업 패션지에서 일하다 보면 광고주를 위한 홍보사에 다니는지 잡지 기자로 일하는지 헷갈릴 때가 있다. 대부분의 잡지사가 광고 기사로 수익을 챙기다 보니 브랜드가 원하는 이를 섭외해 마음에도 없는 인터뷰를 억지로 갖다 붙이기도 한다. 나 같은 피처 에디터는 사회 이슈에 대한 칼럼도 많이 썼는데 정치적 발언은 아무래도 조심해야 했다. 다른 이들은 이미 학습이 된 터라 알아서 필터링을 했다. 하지만 나는 인디 출신이라 거친 편이었다. 당장 회사에서 잘린다고 해도 먹여 살려야 하는 식구가 있는 것도 아니었다. 어차피 처우도 제대로 안 해주는 글 쓰는 직업에 목숨을 건 것도 아니라서 쓸데없이 당당했다.

대한민국 내로라하는 스타들에게 인터뷰 섭외 전화를 걸면 독립 잡지에 다닐 땐 "네? 무슨 잡지라고요?" 묻던 매니저들이었다. 그런데 대형 패션지 타이틀로 건 전화엔 목소리를 싹 바꿔 "무슨 브랜드 협찬입니까? 얼마나 주나요?" 하고 물었다. 한 시간 이상은 해야 슬슬 몸 풀고 좋은 대화를 할 수 있다는 기존의 인터뷰 방식은 포기해야 했다. 대신 인터뷰이들은 한 시간 이상을 치장하는 데 썼다. 화보 촬영을 마치고 허락된 인터뷰 시간은 평균 30분도 안 됐다. 말이 안 되는 스케줄에 끌려다니는 그들도 안됐고, 그들을 어르고 달래 한 줄이라도 쓸 거리를 만들려는 나도 안됐다.

아이돌 인터뷰는 언제나 매니저가 옆에 앉아 무엇을 쓰고 무엇을 뺄지 훈수를 둔다. 어떤 여자 멤버는 인터뷰 도중 몇 번이나 화장실로 뛰어가 속을 게워냈다. 소속사에서 먹이고 있는 다이어트 약 때문이라고 매니저가 몰래 속삭였다. 어른들의 탐욕으로 만들어진 세계에서 아이들은 스스로 생각도, 말도 못 하고 말라가고 있었다. 광고주나 정치적 이유로 어쩔 수 없이 만나야 하는 인터뷰이와는 영혼 없는 말들만 오갔다. 그렇게 나온 잡지는 떳떳하지 않았다. 말끔하게 포토샵으로 닦아낸 그들의 얼굴은 진짜가 아니었다. 글 역시 텅 비어 있었다. 우주의 쓰레기를 만들지 않으려고 노력하며 사는데도 마음이 버거울 때가 많았다. 유명한 패션지에서 폼 나는 피처 에디터 일을 하는데 이 정도는 감수하라고, 적당히 타협할 줄도 알아야 한다고 스스로 충고했다. 하지만 가장 두려운 건 나도 모르는 사이 그 거대하고 두텁고 차가운 벽을 쌓는 걸 돕고 있는 게 아닐까 하는 의심이었다.

반항하기로 했다. 턱을 치켜세우고 더 고집을 부리기로 했다. 멈추지 않고 비대해지는 아이돌 일색의 음악 시장에서 나만이 가진 카드는 인디 음악 신의 수많은 친구들이었다. 좀 더 알려진 대형 상업 패션지에서 내가 교감하는 실력 있는 인디 아티스트를 소개하고 싶었다. 그렇다고 음반 판매량이 갑자기 치솟거나 월드 스타가 되는 건 아니겠지만 '우리 잡지가 당신의 음악을 인정하고 관심을 두고 있습니다'라는 의미는 그들에게 절대 가볍지 않았다.

편집장은 나를 '거리의 아이'라 불렀다. 이 단단한 메이저 시스템에 받아들여지지 못한다는 빈정거림인지 무엇에도 미련 없어 보이는 나의 자유를 부러워하는 건지 끝내 결론을 내리진 못했다.

하지만 상관없었다. 꽤 마음에 드는 별칭이었다. 아이돌에 흥미가 없는 나를 잘 아는 편집장은 판매 부수에 큰 영향을 미치는 인기 아이돌 하나를 인터뷰하면 내가 만나고 싶어 하는 인디 뮤지션 한 팀을 위한 지면을 만들어 주겠노라 귀여운 거래를 제안하곤 했다.

밴드 혁오가 갓 앨범을 내고 '수요일 밴드'로 홍대 라이브 클럽에서 공연할 때 무작정 공연장으로 찾아갔다. 공연을 보고 너무 좋았던 나머지 공연이 끝나자마자 즉흥 인터뷰를 제안했다. 기획 회의는 이미 끝났고 아이템이 정해진 상태였다. 상관없었다. 자신 있었다. 나중에 편집장을 졸라서라도 없는 지면을 만들어낼 생각이었다. 배고프다는 친구들을 데리고 공연장 근처 양꼬치 집에서 인터뷰를 했다. 그들은 인터뷰 자체가 처음이라고 했다. 당시 친분이 있던 음악 레이블 대표를 소개해 줬고 정식 계약까지 이르렀다.

패션지 업계는 의외로 폐쇄적이다. 결과물이 보장된 안전을 추구하는 경향이 심하다. 대부분 에디터가 '끼리끼리 문화'로 포토그래퍼를 정했다. 나는 애초에 패션지에서 시작을 안 해서 업계에 아는 패션 포토그래퍼가 하나도 없었다. 단순히 사진만 보고 좋으면 무작정 연락해 작업해 보자 제안했다. 당시 메이저 잡지에선 '너무 인디스럽다'는 이유로 잘 섭외하지 않던 포토그래퍼들과 주로 작업했다. 편집장을 설득해야 했지만 그럴 만한 가치가 충분히 있었다. 특히 필름 사진을 러프하게 찍는 하시시박과 작업을 많이 했다. 그만큼 우리는 '쿵짝'이 잘 맞았다. 촬영 후 언제나 "포토샵으로 닦지 말아주세요" 주문했다. 그녀도 나도 그게 더 좋았다. 당시엔 피처 에디터가 인물 화보를 그렇게 찍는 경우가 흔하지 않았다.

이 모든 걸 눈감아 준 편집장에게 영광을 돌려야 한다. 오랜 시간 동안 쌓인 '그들만의 리그'라는 견고한 시스템에서 아웃사이더로 살면서 나만의 감각과 경험, 스타일이 있다는 게 다행이라 느꼈다. 그걸 누구에게도 보이기 싫어 욱여넣는 대신 펼쳐내 보이기로 결심했다. 부끄럽지 않으니까. 그동안 내가 살아온 방식의 결과이니까.

강남의 으리으리한 빌딩 몇 층에 있는 패션지 사무실로 출근한 첫날, 속으로 '졸지 말자' 하면서도 괜히 주눅이 들었다. 내가 일하는 잡지에 대해 구구절절 설명하지 않고 이름만 대도 사람들이 안다는 건 영세 독립 잡지에 있다 온 나에게 오히려 무서운 일이었다. 아무도 주지 않은 책임감을 혼자 느끼고 있었다. 막상 들어가 보니 별다를 게 없었다. 화려한 패션지 에디터의 생활은 공허했다. 수백, 수천만 원짜리 명품을 사라는 기사를 쓰면서 정작 월급 통장에 찍히는 숫자에 자괴감과 허무함을 느끼는 이들이 가득했다. 그곳 역시 여느 다른 곳 못지않게 길을 잃은 사람이 많았다.

"너만의 문장을 써."

나를 메이저 패션지로 스카우트했던 피처 팀 선배가 한 말이다. 패션지로 옮긴 직후 맞은 첫 번째 마감, 파랗게 질린 얼굴로 키보드 앞에 앉아 한 글자도 못 쓰고 있는 것을 눈치 챈 선배가 말했다.

"하나, 네가 다른 에디터들처럼 쓰는 걸 기대했다면 애초에 널 데려오지도 않았을 거야. 너만이 쓸 수 있는 문장이 있잖아. 그걸 쓰는 거야."

진짜 어른이 되어가는 과정은 '어떻게 살 것인가' 하는 삶의 스탠스를 정하는 것이다. 남은 생의 명분을 스스로 납득할 수 있어야 한다. 영세 독립 잡지는 거기대로 대형 상업 패션지는 또 나름대로 문제, 한계, 병폐 그리고 존재 이유가 있다. 그 안에서 선택할 수 있는 건 오직 나의 스탠스다. 그리고 정했다. 나만의 돌파구를, 나만의 방식을 찾기로.

어디서든 나만의 스타일을 찾아가면 되는 거였다. 그들이 원하는 톤이나 문체로 바꾸지 않는다. 내가 추구하는 방향으로 담담하게 걸어가며 메인스트림에서 인디 정신으로 살면 되는 거였다. 자신감과 용기가 필요했다. 그동안 쌓인 경험 사이사이에서 그걸 찾을 수 있었다. 나의 삶, 나의 인생, 나의 이야기, 나의 문장. 단단한 나만의 문장을 쓰려면 단단한 인생을 사는 게 우선이었다. 처음으로 인생을 '그저 살아보는 것'이라는 관점으로 바라보게 됐다.

성실하게 경력이 쌓이자 메이저 잡지판에서도 "하나 기자님 기사는 달라요"라는 말이 들려왔다. 실상은 사양길로 접어드는 잡지판에서 싼값에 일하는 에디터, 월급쟁이 중 하나였다. 그래도 신나고 재미있게 일했다. 스스로 의미를 찾을 수 없다면 언제고 그만뒀을 일이었다.

온 세상을 통틀어 가장 멋지다 생각하는 아티스트 중 하나인 패티 스미스가 내한했을 때 대한민국에서 단 두 명의 기자에게만 인터뷰가 허락됐다. 하나는 나였고, 다른 하나는 잡지 에디터를 꿈 꾸던 시절 선망했던 김경 선배였다. 현장에서 선배와 처음 얼굴을 마주했다. "선배, 제가 잡지 일을 하고 싶지만 길을 몰라 헤맬 때 무 턱대고 메일을 보내 이것저것 물었던 거 기억하시는지요" 하고 물 었더니 "물론"이란 답이 돌아왔다. 호들갑 없이 우리는 연대의 미 소를 나눴다. 경 선배를 마주하던 그 순간 즉시 세상이 내 편인 것 같았다. 소외되고 뒤처졌던 나를 지나치지 않았던 사람이었다. 그 녀의 솔직하고 매혹적인 글은 영감이 되었다. 그녀가 걸어온 길을 따르며 내가 가진 글의 힘을 최대한 선하게, 옳게, 우아하게, 아름 답게 쓰기로 다짐했다. 스스로 부끄럽지 않게, 그리고 비겁하지 않 게 살며 쓰기로.

4대 보험과
법인카드에 치르는 대가

    대형 상업 패션지로 자리를 옮기니 팔자가 좋아졌다. 난생처음 법인카드가 손에 들어왔다. 어시스턴트와 인턴들이 눈을 반짝이며 "선배, 어떤 걸 도와드릴까요?"라며 항시 대기 중이었다. 독립잡지에 있을 땐 두세 시간 인터뷰하고 돌아와 녹취 파일 다시 들으며 타이핑하고, 기사 쓰고, 사진 고르고, 디자인 잡고, 교정 보는일까지 모두 혼자 했다. 상업 패션지엔 녹취해 주고, 자료 조사해주고, 홍보대행사에 전화 돌려주고, 교정봐 주는 스태프가 각각 따로 있다. 잡지 인지도가 있으니 섭외도 쉬웠다. 취재 현장이나 행사장을 가도 명함 한 장 바뀌었을 뿐인데 홍보대행사 사람들이 나를 대하는 태도가 달라졌다. 그런데 이 좋은 팔자에도 행복하고 즐겁지만은 않았다. 오히려 불편하고 부대꼈다.

생애 처음 연봉 협상을 하고 고용 계약서라는 걸 썼다. 그리고 4대 보험을 들었다. 국가가 나를 사람 취급하며 꼬박꼬박 세금을 떼어갔다. 영세한 독립 잡지에서 일할 때와 비교하면 훨씬 안정적인 수입이었다. 그런데 마음은 점점 불편해졌다. 그땐 이유를 잘 몰랐다. 그저 나란 사람은 안정과 행복을 본능적으로 거부하는 유전자를 가지고 태어난 게 아닐까 생각했다. 시간이 지나니 알게 되었다. 한결 편해진 환경에 행여 간간함과 까칠함과 예민함이 사라질까 불안했던 거였다. 좋은 게 좋은 거지, 이 정도는 눈감고 넘어가자, 나란 사람의 성향이 둥글둥글하게 변하진 않을까 스스로에 대한 경계와 의심 때문이었다. 늘 고깝게 보아오던 상업 잡지판의 오만한 습성에 물들지 않으려 정신을 바짝 차렸다.

나 같은 사람이 월급쟁이로 살기에 잡지 에디터라는 직업은 판이 크고 작고를 떠나 어쨌든 잘 맞았다. 적당히 개성을 내비쳐도 적당히 개인적이어도 괜찮은 조직이었으니까. 그나마 잡지 바닥이라 비딱하고 예민한 성격이 나만 쓸 수 있는 글에 잘 쓰였다. 동시에 늘 내가 몸담은 조직과 사회, 그리고 스스로에게서 모순을 발견했다. 선 곳이 달라지면 풍경도 달라지는 법이다. '핫'한 전시, '핫'한 공연, '핫'한 브랜드, '핫'한 것을 찾는 서울 사람들의 머리 모양, 입는 옷, 먹는 음식이 똑같아지는 것에 크게 일조하고 있다는 건 부정할 수 없는 현실이었다. 그렇게라도 소속감을 느끼며 허기진 배를 채우며 사는 외로운 사람들을 더 부추겼다. 그게 늘 마음을 긁었다. 이렇게 자기혐오와 자기 연민 사이를 수도 없이 오갔다.

자본주의 시대에 문화 역시 인간의 욕망과 허영의 분출구로 변했다. 한국 문화 신의 최전방에서 고급스러운 취향을 가꾸는 것처럼 보이는 자본가들은 그저 있는 돈으로 전 세계 사람들이 다 아는 팝 스타를 불러 자신의 힘을 과시했다. 음악 전문 기자로서 대형 프로젝트를 함께하며 목격한 밑천 없는 취향과 비열한 애티튜드는 늘 부끄러웠다. 하지만 대체 누가 그런 걸 신경 쓴단 말인가. 사람들은 앨범 한 번 산 적 없는 팝 스타의 공연에 가서 찍은 인증 샷을 인스타그램에 올리면 그만이었다. 공연장에 가면 뮤지션 공연보다 스폰서 기업 광고를 더 많이 보지만 그래도 모든 게 괜찮은 시스템이었다. 취향에 자본이 더해져 어느새 권력이 되었다. 기업가는 세계 어디에서든 '넘버원'이다. 마음만 먹으면 미국과 한국 같은 나라에선 대통령도 될 수 있다. 나 빼곤 아무에게도 그게 문제가 아니었다.

한국의 문화는 돌이킬 수 없이 상업화됐다. 기업가에 대한 무조건적인 선망과 존경이 너무 커져 버렸다. 좋은 영화, 드라마, 음악, 공연, 책, 심지어 신문, 잡지, 뉴스 같은 언론 미디어 역시 따지고 올라가 보면 기업이 만든다. 잡지사 에디터로 화보 촬영을 할 때면 늘 절망에 빠졌다. 연예인마다 급이 있고 급에 따라 브랜드 협찬 가격 상한선이 있다. 패션지의 화보 사진 하단엔 언제나 브랜드 이름과 가격이 적혀 있다. '지금 당신이 보고 있는 이 사람은 이 가격만큼의 가치를 지니고 있습니다'라는 뜻이다. 나 역시 누군가에 의해 연봉으로 몸값이 매겨진다. 누구지? 대체 누가 어떻게 내 가치를 매긴단 말인가. 나를 잘 알지도 못하면서.

기업의 목적은 이익 추구다. 기업 입장에서는 예술도 사업이고, 마케팅이고, 이익 추구다. 오직 '플러스'만을 추구하도록 디자

인된 조직이다. 기업은 예술과 예술가에 대한 최소한의 존중이나 예의를 갖출 수 없다. 모든 게 숫자로 정의되기 때문이다. 그래서 음악은 기가 막히지만 상업성이 약한 뮤지션에겐 입힐 옷이 없다. '돈이 되지 않는다'는 이유로 브랜드가 협찬을 꺼리기 때문이다. 하지만 인간은 태어나 죽을 때까지 '플러스'만 외칠 수 없다. '마이너스'도 있고 '0'도 있어야 한다.

나비효과다. 기자는 더 이상 다양한 스타일을 보여주는 실력 있는 예술가를 소개하려 애쓰지 않는다. 대신 브랜드가 좋아할 '돈 되는' 인물을 고른다. 결국 아무도 '인디'가 되려고 하지 않는다. 악순환이다. 초등학교부터 대학을 거쳐 사회에 나가서도 개성 있고 다양한 개인으로 살아갈 수 없는 한국인의 숙명이다. 사회에서도 사람들은 보이지 않는 교복을 입고 편을 가르며 스스로, 그리고 서로를 알아서 규제한다. 인디와 마이너가 없다. 멋지고 단단한 마이너가 많아야 사회가 다채롭고 재밌어진다. 마이너를 메이저로 가기 위해 짓밟고 오를 디딤돌쯤으로 대하는 사회는 병약한 모순투성이가 된다. 한국은 세계에서 알아주는 무한 경쟁 국가이다. 경제적으로 높은 성장을 이룬 만큼 수많은 사람이 여전히 큰 희생을 치르는 서글픈 사회다.

　이런 세상에서 어른이 된다는 건 주로 경제적인 힘과 관련된 의미로 대변된다. 사람들은 자본주의를 진리처럼 떠받들며 성과주의, 능력주의를 자연스럽게 개인 각자의 삶에 녹여냈다. 태어나 자라며 보고 배운 게 그거니 당연하다. 돈 밝힌다고 흠이라도 잡힐까 봐 눈치를 보던 시절도 분명히 있었다. 그런데 그 사이 돈의 힘은 사람의 힘보다 훨씬 강해졌다.

　사회는 최소한의 자정 능력을 잃어버렸다. 사람들의 장래희망은 죄다 '부자'다. 요즘은 누구나 주식을 한다. 부의 자유와 평등을 위해 뛰어든 주식시장에서 아이러니하게도 사람들은 그 이익 때문에 윤리와 양심, 정의를 버린다. 어떤 기업이 아무리 나쁘다고 해도, 기업의 이익 추구 때문에 약한 사람이 많이 죽어나간다 해도 주식만 오른다면 괜찮다고 말하는 이들이 많아졌다. 노동자의 죽음을 외면하거나 해로운 걸 알면서도 맹독성 물질을 제품 원료로 쓴 대기업 CEO와 투자자는 다르지 않다. '개미'라는 선량한 단어를 수식어로 붙여도 모두 거기서 거기다. 그 사람들은 나와 함께

전철을 타고 식당 옆자리에서 밥을 먹고 같은 관에서 영화를 본다. '네 이웃을 사랑하라'는데 그게 너무 버겁다.

진짜 서울 사람이 되어보겠다고 눈치 보며 서로를 쫓느라 가랑이가 찢어진다. 알고 보면 사실 그중 누구도 진짜 서울 사람이 되지 못한다. 모두 타지에서 흘러들어 서울에 남으려 안간힘을 쓰는 것뿐이다. 시나브로 우리는 괴물이 되어간다. 그 우스꽝스럽고도 소모적인 레슬링에 엉겨 하루를 죄다 보내고 터덜터덜 집으로 돌아가는 내 그림자가 참 서글펐다.

나는 또 길을 잃었다. 혼자서만 이미 한참 늦어버린 느낌이었다. 대부분의 사람처럼 '부자'로 방향을 정하고 전력 질주하기엔 돈의 허무함과 공허함을 이미 겪은 후였다. 여전히 마음속에 부대끼는 것들과 화해도, 타협도 하지 못한 채 이러지도 저러지도 못하고 피터 팬처럼 살아갔다. 늘 마음이 허해 마음이 맞고 처지가 비슷한 몇몇 친구들과 홍대 뒷골목 허름한 지하 술집에서 뮤직비디오나 보며 밤새 떠들었다. 정치와 사회, 철학, 예술에 대해 아무렇게나 떠들었다. 나의 세계에서 그 숱한 밤들은 유일하게 자본주의의 때가 덜 묻은 대화로 가득한 소중한 시간이었다.

명함을 빼고 나면
무엇이 남을까

잡지는 한때 '자본주의의 꽃'이라 불렸다. 지금은 다양한 채널로 세분된 권력을 오직 잡지만이 쥐고 있을 때가 있었다. 잡지는 마치 패션 브랜드들이 '친환경'을 외치며 끊임없이 만들어 시장에 내놓는 탓에 환경을 더 망쳐버린 에코백과 같았다. 영세 독립 잡지에서 대형 패션지로 자리를 옮긴 후 첫 해외 출장으로 떠난 발리에서 나는 혼란스러웠다.

"와, 다들 여태 이렇게 살아왔던 거야?"

출장 일정을 함께 한 다른 매체의 기자들은 호화 출장에 꽤 익숙해 보였다. 발리의 고급 휴양 리조트 룸에 제공되는 샤워 가운을 누군가 자기 슈트 케이스에 집어넣었다. 휘둥그레진 눈으로 그거 가져가면 안 된다고 말하는 나를 귀엽다는 듯 쳐다보며 "수영장에서 몰래 오줌 싸는 것과 비슷하다"고 했다.

아빠가 늘 하던 얘기가 이거였구나. 법인카드와 회식, 출장, 접대 등 나의 돈도 너의 돈도 아닌 '눈먼 돈'이라는 게 있다고, 이 사회는 그렇게 돌아간다고. 나만 빼고 다 어른이 되어 이 견고한 시스템에 녹아들었구나. 그렇지 못해 외로웠으나 거기에 끼고 싶지도 않았다. 소위 잘나간다는 패션지 기자들은 여태 이런 대접을 받으며 보도자료를 받아 손도 까딱 안 하고 지면을 채워왔던 거구나. 독립 잡지에선 두 페이지를 알차게 채우려 몇 날 밤도 새웠는데. 속이 뒤틀렸다. 천천히 깨달았다. 내 삶의 스탠스가 곧 죽어도 '인디'라는 걸. 대우나 처지가 넉넉지 않아도, 아무도 인정하고 알아주지 않아도, 스스로 당당한 게 더 중요했다. 그리고 그날, 세월호가 침몰했다.

아무리 시간이 지나도 여전히 생생하고도 비현실적인 기억. 발리의 호화 리조트 출장으로 한국 대형 매체 기자 몇몇과 일정을 함께하고 있었다. 식당에서 하하 호호 점심을 먹고 있는데 대형 스크린에 침몰하는 배가 나왔다. 자막에 '한국의 세월호'라고 떴다. 그리고 '전원 구조'라는 속보가 이어졌다. 우리는 다행이라며 또다시 하하 호호 식사를 마쳤다. 일정을 마치고 숙소로 돌아와 티브이를 켜니 커다란 배가 시꺼먼 바다에 집어삼켜지는 모습이 전 세계에 생중계되고 있었다. 비현실적이었다. 배 안에 갇힌 수백의 영혼이 떠나가는 모습을 아주 오래 그것도 한국에서 멀리 떨어진 발리에서 지켜봤다.

'하인리히의 법칙'이라는 게 있다. 대형 사고는 반드시 사고 발생 전 그와 관련된 수많은 경미한 사고와 징후가 있게 마련이라는 법칙이다. 한국 사회는 여러 번의 징후를 대수롭지 않게 넘겼다. 결국 사달이 났다. 희생자는 아이들이었다. 크고 작게 늘 투덜거리긴 하지만 큰 말썽 없이 나름 성실하고 소신 있게 살아온 내가 한국이라는 국가와 사회로부터 가장 큰 상처를 받은 참사였다. 시간이 지나도 세월호는 여전히 지울 수 없는 우리의 트라우마이다. 앞으로도 그럴 것이다. JTBC에서 세월호 사고 수습 보도를 맡아 팽목항에서 먹고 자던 기자 친구도 트라우마에 결국 일을 그만두고 한국을 떠났다. 못 볼 걸 보고 못 들을 걸 들어서다. 그 친구의 소셜미디어 아이디엔 '304'라는 숫자가 꼭 들어간다.

우리는 모두 세월호 참사를 통해 한국의 밑바닥을 봤다. 우리는 끝도 없이 모래성을 쌓아 올리고 있었다. 언제 무너져도 이상하지 않을 일이었다. 유가족을 대하는 정부와 사회의 태도를 보면서 이미 너무 늦었다는 걸 깨달았다. 사회가 참사를 처리하는 과정은 너무나 무능하고 사악해서 지켜보는 것 자체가 고통이었다. 모두 구제 불능이었다. 나 역시 언제까지고 피해자처럼 사회 탓을 하며 팔짱만 끼고 있을 순 없었다. 어쩌면 바로 내가 이 모든 것을 방관한 가해자 중 하나일지도 몰랐다.

과연 내가 이 사회의 시민으로서 자격이 있는 것인가, 그리고 이 사회의 다른 어른들과 연대할 수 있을 것인가, 스스로 질문을 던졌다. 답을 찾기 위해 거리로 나섰다. 안산 분향소에 들러 아이들에게 작별과 사죄를 건네고 '가만히 있으라' 배지를 만들어 침묵

시위에 나가 사람들과 나눴다. 그 집회에서 목청 높이다 경찰에 붙들려간 대학생 용혜인은 어느덧 시간이 흘러 국회에 들어갔다. 이후 수년이 지나도록 유가족은 여전히 국회 앞 찬 바닥에서 먹고 자며 국회의원에게 허리를 숙인다. 왜, 도대체 왜. 이 사회는 여전히 바닥이다. BTS와 〈기생충〉, 삼성, 화려한 경제적 수치로 아무리 치장해도 감출 수 없는 시꺼멓고 깊은 구멍이 여기에 있다.

법인카드는 물 쓰듯 잘만 쓰고 다니던 잡지사 기자들은 어시스턴트와 인턴의 '열정 페이' 폭로엔 모두 침묵했다. 폭로가 터지자 대한민국을 대표하는 대형 잡지사들은 가장 먼저 기존의 어시스턴트와 인턴들을 모두 내보냈다. 잡지사 정기자 자리 하나만을 기다리며 몇 년을 보낸 친구들은 '너 때문에 그나마 있던 기회마저 사라졌다'며 내부 고발자를 원망했다. 그렇게 원망의 대상이 어긋나면서 진정한 가해자들은 피해자들끼리 서로 물어뜯어 죽이는 걸 보고 즐긴다. 모든 대형 잡지사는 서로 쉬쉬하고 뒤를 봐주며 똘똘 뭉쳐 결국 그 일을 덮었다. 어차피 들춰 봤자 서로 좋을 것 없는 처지에 피어난 아름다운 파트너십이었다.

대형 잡지들의 오랜 관행상 정기자의 99퍼센트는 수년간의 어시스턴트와 인턴을 거쳐야 했다. 그렇지 않은 1퍼센트가 나였다. 항상 우리 팀 어시스턴트와 인턴들에게 "지금 당장 도망가"라고 조언했다. 이상하도록 오랫동안 견고하게 이어져 온 관행을 깨뜨린 경험이 전부였던 내가 후배들에게 해줄 수 있는 말은 이것뿐이었다. 이건 분명 잘못된 거라고, 잘못된 걸 따르지 말라고, 네 길을 찾으라고. 하지만 수년이 지난 지금도 이 관행은 계속되고 있다. 여전히 말도 안 되는 처우에도 불구하고 잡지에 꿈과 로망을 가진 젊은이들이 줄을 선다. 관행과 제도와 시스템에 맞서지 못하는 젊은이들의 탓일까, 시스템을 더 공고히 만들어 '갑'과 '을'의 격차를 더욱 크게 벌리고 '을'의 조건에 처한 사람을 이용해도 괜찮다고, 모두 그런 과정을 거쳐 결국 '갑'이 되는 거라고 가르치고 강요하는 어른들의 탓일까. 여전히 '하인리히의 법칙'이 작동하고 있었다.

삶이라는 게, 시대라는 게 갈수록 나아져야 하는데 그 반대다. 내 시대의 어른들은 우리를 한 달에 88만 원도 못 버는 세대라 부르며 '루저'에 걸맞은 마케팅으로 우리 지갑을 털어갔다. 인류 최초로 자식 세대가 부모 세대보다 가난한 세대라며 부모님 지갑도

털었다. 어떤 시대든 이십 대는 가장 연약하고 불안하고 흔들린다. 젊은 세대를 향해 떵떵거리는 어른들은 당신이 겪은 이십 대가 지금의 이십 대와 다르다는 걸 알아야 한다. 당신은 이십 대를 겪었지만 2020년의 이십 대는 겪지 못했다. 1970~80년대의 이십 대가 2020년대의 이십 대보다 쉬웠을 거라는 게 아니다. 적어도 같진 않다는 말이다. 그러니 무조건 '나도 버텼으니 너도 버티고 견디라'는 건 틀리다. 버티지 않고도 살 수 있는 시스템을 만들어줘야지 버티며 살아온 게 뭐 자랑이라고 다음 세대에까지 물려주려고 하나.

매일 콩나물시루 같은 지하철을 탔다. 쉴 새 없이 내 엉덩이와 가슴을 만지고 아닌 척 먼 산을 바라보는 남자들에 둘러싸여 위성 도시 부천에서 강남까지 왕복 세 시간을 넘게 보냈다. 사람들은 서울에 집을 사고 차를 사면 된다지만 그건 대출금 상환까지 은행과 노예 계약을 맺는 것과 다름없었다. 그렇게 얻게 될 집과 차의 가치는 자유에 비하면 어림도 없었다. 우리 모두 자기 것이 아닌 걸 제 것인 양 착각하며 살아가고 있었다. 지향하는 삶, 지양하는 인간형에 대해 고민하는 과정에서 퇴근길 지하철 창밖으로 보이던 서울의 한강 아파트 불빛이 더 이상 아름답고 낭만적으로 보이지 않았다. 도시의 생태에선 악하고 잔인하고 무뎌질수록 욕망에 가까이 간다지만 애초에 도시의 욕망 자체가 없는 나는 이 모든 걸 더 이상 견딜 수 없는 지경에 이르렀다.

어른이 되면 마이크를 쥐게 되지만 정작 목소리는 사라진다. 사회와 조직에서 나는 언제나 대체 가능하기에 가치 절감된 연봉에 꿰맞추며 살았지만 확실히 저평가됐다. 나는 이 세상에서 대체 불가능한 가치를 가진 사람이다. 하여 더 이상 이 사회의 구성원이 되지 않기로 결심했다. 윗세대에 대한 불만과 다음 세대에 대한 어설픈 책임감 사이에서 방황을 끝내기로 했다. 선배 혹은 어른으로서 이 사회에서 가져야 할 조금의 책임이라는 게 있다면 그건 바로 내가 먼저 행복해지는 것이다.

내게서 회사 이름과 직함이 적힌 명함을 빼면 무엇이 남을까. 이 명함은 과연 내가 원하는 것이었나. 나는 이 명함에 얼마나 집착하고 연연하는가. 나는 이 명함이 가져다주는 4대 보험과 법인 카드를 가진 대신 무엇을 얼마나 희생하고 있는가. 서울이라는 도시에서 삶을 이어가며 회사에서 쓰는 시간, 에너지 그리고 마음에 비하면 보수는 턱없이 적었다. 숫자로 표현될 수 없는 나의 소중한 삶, 순간순간이 안타까웠다. 숫자를 좋아하는 사람은 경제적 가치와 기회비용을 꺼내겠지만 나는 철학과 인문학을 가져오겠다. 이 세상엔 분명 돈보다 더 중요한 게 있다.

아이러니하게도 '맥시멀리스트'의 대명사인 화려한 패션지에서의 경험은 나를 '덜 존재하는 삶'으로 안내했다. 덜 벌고, 덜 쓰고, 덜 일하고, 덜 만나고, 덜 경쟁하고, 덜 여행하고, 덜 가르치고, 덜 배우고, 우주의 쓰레기를 덜 만들어내는, 덜 존재하는 삶. 결과를 많이 내지 않아도, 늘 성장하지 않아도, 욕심 부리지 않아도, 자아에 많이 힘주지 않아도 자존감 높은 멋진 사람이 될 수 있지 않을까. 부끄러운 어른이 되고 싶지 않았다.

삶의 스탠스를 정하고 지향점을 찾은 이후 사람들에게 "'노엘 갤러거' 인터뷰하면 기자 일 그만 둘 거야"라고 말하고 다녔다. 오아시스가 상징하는 한 시대가 저문다는 의미였지 실제로 이뤄질 거라 생각도 안 했다. 그런데 말이 씨가 됐다. 노엘 갤러거 단독 인터뷰였다. 록 페스티벌로 한국에 온 노엘 갤러거의 백스테이지 대기실에 걸린 맨체스터 시티 깃발을 보는 순간 '피처 에디터로서 할 일은 여기까지구나' 생각했다. 그와의 단독 인터뷰를 마치고 회사에 법인카드를 반환했다. 4대 보험이 적용된 유일했던 보통의 직장 생활에 마침표를 찍었다. 사표의 변은 이랬다.

"시대적 가치에 따라 경제적 가치와 기회비용을 아무리 생각해봐도 여전히 내 인생은 그보다 더 값어치가 나간다는 걸 깨달았기 때문이다."

모두 나의 용기를 감탄하며 부러워했다. 하지만 용기로 퇴사를 결정한 게 아니었다. 늦게 자란 어른으로 비로소 정립한 자존감 때문이었다. 나를 대형 패션지로 스카우트했던 우성 선배는 내가 잡지 바닥을 떠나는 날 자신의 소셜미디어에 이런 글을 남겼다.

"조하나가 아레나를 떠난다. 에디터를 그만둔다. 이해할 수 없다. 하나에게서 아직 열망이 느껴지는데…. 그건 무엇인가 포기한 자가 가진 감각이 아닌데…. 하나는 어느 먼 나라의 물속으로 들어간다. 그러나 돌아올 것이다. 나는 확신한다. 하나는 피가 다르다. 나는 하나가 뮤지션 인터뷰에 관한 한 정점에 있다고 믿는다. 하나는 논리로 설득하지 않는다. 논리로 설득할 수 있다고 믿는 이들이 너무 많다. 하나는 전혀 다른 종류의 에디터다. 논리보다 자기 안의 영혼에 기댄다. 그게 하나의 사상일 것이다. 나는 오만하고 방자해서 몇몇 에디터들을 편애한다. 장우철의 비주얼 감각, 좋다. 좋아했었다. 하나가 그걸 넘었다. 우철 선배도 피가 다른 사람이라고 생각한다. 신윤영 선배의 유머도 좋다. 신기주 선배의 단문도 좋다. 이우성의 얼굴도 좋다. 하나가 떠나는 게 나로선… 좋아하는 에디터를 한 명 잃는 것과 같아서 슬프다. 타고난 감각이 다른 에디터들이 점점 줄어든다…. 돌아온다, 조하나. 분명히."

〈F.OUND〉
그리고 인터뷰

잡지 〈F.OUND〉에서 인터뷰 했던 기록
중 두 편을 이 책에 싣는다. 많은 인터뷰
들이 기억에 남지만, 지면의 한계가 있어
창간호 인터뷰 '박웅현' 님의 인터뷰와
꽤 오래 회자되었던 '윤종신' 님의 인터
뷰를 골라 여기에 싣는다.

진심이 말하다

TBWA KOREA & 작가 박웅현

혼란이 가득했던 80년대, 청년 박웅현은 학교 앞 시장통 막걸 릿집에서 대부분의 시간을 보냈다. 막걸리 한 통에 300원, 양미리 한 마리에 100원. 그는 변변찮은 화장실 하나 없이 찢어지게 가난 했던 막걸릿집을 '피스 하우스Pee's House'라 불렀다. 장애가 있는 딸 과 함께 겨우 생계를 이어가던 주인아주머니는 언제나 밝게 웃으 며 그와 친구들을 맞았다. 얼마 후, 그는 막걸릿집 아주머니에게 자신이 직접 옮겨 쓴 김종삼 시인의 시 〈누군가 나에게 물었다〉를 액자에 담아 선물했다.

TBWA KOREA 박웅현이 총괄한 '진심이 짓는다' 광고 캠페인 에서는 전형적인 아파트 광고에서 나오는 톱스타를 찾아볼 수 없 다. 그는 보이는 것이 우선되는 세상에서 눈에 보이지 않는 '진심'을 이야기한다. 첨단 디지털 미디어를 통해 따뜻한 아날로그 감성을 전하는 그라면, 길을 잃고 방황하는 우리들의 이야기에 진심으로 귀 기울여줄 것 같았다. 믿고 나아가야 할 지표를 찾지 못하고 뒤 처질지 모른다는 불안과 싸우며 한 걸음씩 나아가고 있는 우리에겐, 어른으로서의 충고가 아닌 함께 길을 가는 선배이자 친구로서의 든든한 조언과 말이 통하는 대화가 필요했다.

EDITOR 조하나 / 〈F.OUND〉 매거진 2010년 9월 창간호
(당시의 인터뷰 중 일부를 싣는다.)

반드시 찾아야 할 나만의 '본질'

Q. '스펙이 중요하지 않다'는 것은 지금의 젊은이들에겐 피부에 와 닿지 않는 현실인 게 사실입니다.

A. 충분히 공감해요. 하지만 인생에서 이길 수 있는 길은 '본질'뿐이에요. 이건 지금까지 내가 살아오면서 몇 번씩이나 검증해 온 거예요. 취업이 다가 아니죠. 스펙으로 취업이 되었다 해도 속이 비어 있으면 5년 이내에 경쟁에서 뒤처지거나 승진에서 누락되거나 회사에서 방출돼요. 본질로 가득 차 있는 사람은 취업의 기회를 잃어도 결국 다른 곳에서 다른 길을 만날 수 있죠. 이 말이 사치스럽게 들릴 줄은 알지만 이 이야기는 할 수밖에 없어요. 내 진심이니까요. '본질'을 보세요. 내 인생에 본질이 무엇인지를 찾으세요. 그리

고 그것을 추구하세요. 휘둘리지 마시고. 취업은 끝이 아닌 모든 것의 시작이에요. 내 경험을 이야기해 줄게요. 내가 다니던 고려대 중앙도서관 정원이 사천 명이었는데, 그중 이천 명이 언론사 시험을 준비하고 있었어요. 그 언론사 준비라는 것이 〈동아 상식 백과〉를 달달 외우는 거였는데 예를 들어 '레임덕 현상이란?' 어쩌고저쩌고. '피터 팬 신드롬이란?' 어쩌고저쩌고. 27살 먹은 군대 갔다 온 놈들이 죄다 그걸 외우고 있더라고요. 나는 동의가 안 됐어요. 내 기준에서 그건 상식이 아니었어요. 물론 나도 초조하니까 도서관엔 매일 갔죠. 하지만 나는 거기서 《안나 카레니나 Anna Karenina》를 읽었어요. 하루는 군대 시절 선임이 나한테 "넌 머리도 있는 놈이 공부도 안 하고, 왜 그렇게 인생을 허비하냐?" 하고 묻더군요. 나는 휴가 대부분을 친구들과 막걸리를 먹고 놀며 보내고 있었고 대부분의 군대 동기들은 CPA(공인회계사) 준비에 혈안이 되어 있었어요. 선임은 그게 답답했나 봐요. 내가 대뜸 선임에게 물었죠. "'허비'와 '공부'의 개념을 정의해 보세요. 내 공부는 저 길거리에 있습니다. 저 사람들과 함께하는 삶이 바로 내 공부입니다"라고요. 나는 그때 불안하지 않았겠어요? 확신에 차 있었을까요? 그 불안을 채우기 위해 한 달에 한 번씩 휴가 나올 때마다 청계천 헌책방에 가서 〈문학사상〉, 〈세계문학〉 전집을 사서 읽곤 했어요. 과월호가 한 권에 200원이었는데 20권을 4,000원에 사면 노끈으로 묶어 주죠. 그걸 가지고 군대에 들어가서 시간 날 때마다 읽고 버리고 읽고 버리고 몇 달을 그랬어요. 내 삶의 본질은 바로 거기 있을 거라 생각했거든요. 나는 그렇게 초조한 젊은 날을 보냈어요. 내가 생각하는 본질은 문학이었지만 다른 사람에게는 다른 것일 수도 있어요. 그게 무엇이든 본질을 찾는 게 중요해요.

Q. 명문대 신문방송학 전공에 학교 신문사 편집장까지 지내셨어요. 졸업 후 광고 회사에 입사하셨고요. 결국 언론사 시험은 모두 떨어지신 건가요?

A. 나는 '레임덕'이 아닌 《안나 카레니나》가 본질이라고 생각했지만 결국 실패했어요. 친구들이 신문사 시절부터 "우리 중에 누군가가 기자가 된다면 네가 일 순위야!" 하고 말할 정도였는데 신문사 두 군데 모두 떨어졌죠. 후회도 당연히

했죠. 하지만 내가 늘 말하는 것 중 하나가 '최선의 선택이란 없다. 선택한다면 최선으로 만들어라'예요. 만약 다시 그때로 돌아간다 해도 난 똑같은 선택을 할 것 같아요.

찬란한 순간의 합, 행복

Q. 젊은이들에게 행복이란 여전히 혼란스러운 가치 중 하나입니다. 많은 젊은이들의 목표는 '삼성'인데 그 목표에 오른 사람들은 정작 행복해하지 않는 것 같더군요.

A. 행복에서 가장 중요한 건 자존감이에요. 행복은 '찬란한 순간의 합'이에요. 절대 목표점이 아니죠. '점'이 아닌 '합'이란 말이에요. 인생을 산다는 건 '비어 있는 목걸이 줄에 찬란한 순간의 진주를 몇 개 꿰고 죽느냐'예요. 명문대에 가기위해 명문고를 가려 노력하죠. 대학 합격하고 이틀 정도 파티해요. 또 삼성에 가려고 스펙 관리를 시작해요. 그러다 삼성에 들어가면 또 이틀 정도 파티해요. 그리고 부장이 되기위해 노력하죠. 인생을 레이스라 생각하지 말아요. 이처럼

불행한 게 어디 있겠어요? 목표점만 바라보고 가다 보니, 찬란한 순간을 놓치는 거죠. 그렇게 올라간 목표점에서는 '이게 무슨 행복이야' 하는 생각이 드는 거고요. 지금 빛나고 있는 저 햇살, 어제 우리 딸애와 나눠 먹은 사케 한잔, 이런 순간들이 모여 행복이 된다는 걸 알아야 해요. 자존하는 사람은 중심을 보고 그렇지 않은 사람은 바깥을 봐요. 안을 보는 사람은 사색을 하지만 바깥을 보는 사람은 눈치를 보죠. 스펙 관리도 마찬가지예요. 사람들은 '나에게 무엇이 중요한가?'보다 '남들이 무엇을 중요하게 생각하는가?'에 초점을 맞추죠. 다른 사람 눈치 보지 말아요. 무엇보다 가장 중요한 게 바로 자존이에요.

느낄 '감'에 동할 '동', 감동(感動)

Q. 젊은이들이 생각하는 인문학은 쉽게 다가갈 수 없는 대상입니다. 어렵다고 생각하죠.

A. 기자님과 지금 제가 하는 것이 인문학이에요. 이렇게 대

화를 나누는 것 자체가 인문학이고요. 지금 흐르는 음악, 이것 또한 인문학이에요. 인문학은 책에 국한된 것이 아니에요. 친구의 이야기에 웃음이 터지고 감동해 소름이 돋는 것. 이것이 모두 인문학적인 순간이죠. 감동(感動), 느낄 '감'에 동할 '동' 자에요. 많이 느끼고 반응하세요. 많이 읽고 보고 듣고 울고 웃으세요. 감정이 많아야 창의력도 많아집니다. '저 고양이 귀엽다', '아, 그 말이 맞네' 좋고요, 길 가다가 멋진 남자를 보고 '저놈 멋지네' 이거 아주 좋습니다. 많이 느끼고 표현하세요. 감수성을 많이 가지세요. 인생이 정말 풍요로워집니다.

Q. '시청(視聽)'이 '견문(見聞)'이 되는 과정을 도와주는 역할을 문학이나 음악이 할 수 있을까요?

A. 물론이죠. 다른 사람들의 견문은 어떠했나를 볼 수 있어요. 작가 박완서의 《그 산이 정말 거기 있었을까》라는 작품에 "인생을 내 맘대로 직조하기에는 시대의 씨줄이 너무 세게 들어왔다"라는 구절이 있어요. 내가 인생을 직조한다는 것은 나의 개인적인 날줄이 있지만 시대의 씨줄의 역할 또한

강력하다는 의미죠. 이렇게 문학은 다른 이들이 어떻게 감수성의 폭을 넓혔는지를 배울 수 있는 좋은 방법이에요. 물론 가장 좋은 방법은 직접 경험이겠지만 나는 전우치가 아니죠. 음악이나 영화, 책, 사람들과의 이야기를 통해 인생을 풍요롭게 하는 인문학적 훈련을 하는 거예요.

광고 프로젝트 스케줄만으로도 하루가 모자란 그가 인터뷰 시간을 내기란 쉽지 않은 일이었다. 그런데도 그는 취재팀보다도 먼저 약속 장소에 도착해 있었다. 인터뷰가 시작되자 그의 말이 점점 빨라지기 시작했다. 한정된 시간 안에 자신의 진심을 최대한 전달하기 위한 배려였다. 기꺼이 시간을 내어 인생의 경험과 지혜를 나누려는 고마운 마음. '진심이다, 외로워 마라, 이해한다'라고 말하는 그의 눈빛은 따뜻하고 진지했다. 그의 진심은 길을 잃고 헤매다 만난 반가운 이정표로 가슴에 와 닿았다. 그는 저만치 앞서서 재촉만 하는 어른이 아닌 함께 가자 기다려 주고, 넘어지면 손 내밀어 주는 인생의 진정한 선배였다.

'바람 속에 흩어지는 말을 붙잡는 게 책이다.' 그의 휴대폰에

저장되어 있던 메모 중 하나다. 그는 물었다. "너무 좋은 말이에요. 그렇지 않아요? 소름 돋지 않아요?" 그는 매 순간에 감사하고 행복해하는 사람이었다. 카페에 드리워진 햇살, 들려오는 음악 소리와 지나는 사람들의 모습 하나에서도 의미를 찾았다. 어젯밤 딸과 함께한 사케 한잔이, 인터뷰하는 지금 이 순간 자체가 행복이라 말하는 그의 눈에 보이지 않는 '진심'이 가득했다. 그와 함께한 자리가 긍정의 기운으로 가득 채워질 무렵 휴대폰 메모장에서 그와 잘 어울리는 문구를 발견했다. '돈이 행복이 아니고 가치가 행복이다.'

Behind Story

준비도 경험도 없이 독립 매거진 에디터 일을 시작하게 됐다. 방황하다 세상의 기준으로는 뒤늦게 좋아하는 일을 찾아 뛰어든 바닥이었다. 창간호 준비를 하는데 멋진 광고를 만들고 좋은 책을 쓰고 인문학의 중요성을 설파하는 박웅현을 이 기회에 만나야겠단 생각이 들었다. 사심에, 팬심이었다. 무작정 검색창에 TBWA를 검색하고 대표 번호로 전화를 걸어 "박웅현 선생님 부탁합니다"라고 했다. 이름 있는 패션지도 아니요, 아직 창간도 안 한 잡지의 에디터가 덜덜 떨리는 목소리로 어설프게 인터뷰를 해주십사 제안했다. 말 그대로 없던 시간을 만들어 내어준 사람이었다. 그는 인터뷰 시간이 넉넉지 않은 대신 말을 빨리해도 이해해 달라고 말했다. 사람에 대한 기본적인 존중과 예의, 품격은 단단한 인문학에서 나왔다. 2010년, 이십 대를 내내 방황하는 데 써버리고 서른에 늦깎이 에디터가 된 나의 사적인 질문들 투성이다. 하지만 이 인터뷰는 10년이 지나서도 여전히 유효하다. 아니 더욱더 와 닿는다.

공존(共存)의 이유
Walking Man in The Middle of Life

1986년에 발표된 에릭 로메르Eric Rohmer 감독의 프랑스 영화 제목이기도 한 〈녹색광선〉은 해가 질 무렵 하늘과 바다 사이에 잠깐 나타나는 녹색의 띠를 말한다. 자신도 모르는 사이 드러나는 삶의 진실과 깨달음의 상징이기도 하다. 물론, 살아가면서 누구나 이 녹색광선을 볼 수 있는 건 아니다. 데뷔 20주년을 갓 넘긴 윤종신과의 만남을 준비하면서 그는 과연 인생의 녹색광선을 보았는지 궁금했다. 매서운 추위에 어깨를 움츠려 더 작아지는 1월, 홍대의 작은 카페 '녹색광선'에서 그를 만났다.

EDITOR 조하나 / 〈F.OUND〉 매거진 2011년 2월

〈환생〉의 간지러운 가사를 종이에 꾹꾹 눌러 적은 편지를 사랑하는 이에게 수줍게 전해본 경험이 있거나, 실연 후 노래방에서 〈오래전 그날〉을 목 놓아 불러본 경험이 있는 사람이라면, 그렇다, 당신은 1990년대를 윤종신과 함께 보낸 것이다. 1990년 공일오비(015B)의 객원 싱어로 데뷔해 지금까지 꼬박 열두 장의 앨범을 내고, 지금도 계속해서 노래를 만들고 부르며 무대에 서는 싱어송라

이터 윤종신.

Q. 음악을 하고 싶어 하는 학생이었나요?

A. 고등학교 때까지 음악을 취미로 한 게 전부였어요. 전문적인 음악 교육을 제대로 받은 적이 없었죠. 대학에 들어가서 그 생활에 적응을 잘 못하고, 목표 없이 표류하는 느낌으로 방황하고 있었을 때 음악이 자연스럽게 저한테 왔어요. '노래 한번 불러볼래?' 이런 식으로. 운 좋게 공일오비와 시작을 같이 하게 되면서, 정통보다는 변칙을 추구하는 그들의 작업방식으로부터 영향을 많이 받았어요. 나는 오히려 데뷔하고 나서 음악을 배우기 시작한 케이스죠.

Q. 싱어로 먼저 데뷔한 윤종신이 싱어송라이터로서 자신감이 생기기 시작한 때는 언제죠?

A. 시작 땐 다른 사람들의 도움을 많이 받았어요. 정석원, 김형석 같은 좋은 작곡가들의 곡도 많이 받았고요. 데뷔 앨범 준비하면서 사람들 어깨 너머로 많이 보고, 들으며 배웠어요. 내가 싱어송라이터라고 불릴 수 있는 건 4집 〈共存〉부터

인 것 같아요. 그 앨범부터 내 곡이 타이틀이 되었으니까.

Q. 데뷔하면서 뮤지션에 대한 꿈이나 다짐 같은 게 있었나요?

A. 아니요, '앞으로 계속 음악을 하면서 살아야지' 하는 다짐 같은 건 없었어요. 그냥 순간순간을 이겨내며 계속하다 보니, 20년이 됐네요.

Q. 창작자인 동시에 플레이어이기도 해요. 둘 중 어디에 더 끌려요?

A. 꼭 하나 선택하라면 플레이어요. 기본적으로 나는 작사·작곡자들은 스태프에 속한다고 생각하는 사람이에요. 무대에 서서 퍼포먼스를 하는 사람이 우선이라고 생각해요. 창작자가 다 죽는다 해도, 플레이어는 이미 나온 노래를 가지고 공연할 수 있잖아요. 엔터테인먼트의 꽃은 결국 플레이어예요.

Q. 그럼, 노래를 정말 잘하고 싶다는 플레이어로서의 욕심도 있었겠네요.

A. 이 생에 태어나 내가 할 수 있는 능력의 테스팅은 이미

다 한 것 같아요. (웃음) 내가 잘할 수 있는 게 뭔가를 알게 된 거죠. 다시 태어난다면 작사·작곡은 잘 못하더라도, 노래를 소름 끼치게 잘하는 사람이 되고 싶어요. 카라얀Karajan보다 파바로티Pavarotti가 되고 싶은 거죠.

Q. 사람들은 대부분 플레이어보다 창작자를 더 우위로 평가하는 경향이 있어요.

A. 이건 지극히 내 개인적인 생각인데, 사실 작사·작곡을 하는 사람들 중엔 플레이어에 대한 콤플렉스가 있는 사람들이 많은 것 같아요. 그래서 작사·작곡가들이 플레이어를 많이 휘두르려 하는 경향이 있는 거죠. 플레이어는 또 그렇게 창작자들에게 많이 끌려가는 경향도 있고. 돌이켜보면 한국 가요계는 두 분류로 나뉘었던 것 같아요. 좋은 학력을 갖춘 인텔리 분위기의 싱어송라이터 선배들이 있었고, 다른 한편엔 인생의 풍류를 즐기며 노래하는 선배들이 있었죠. 후자에 속하는 선배들은 진정으로 자기 혼을 실어 노래하는 플레이어였음에도 불구하고 아직 제대로 평가받지 못하고 있다는 생각이 들어요. 왜냐, 음악을 평가하고 분석하는

사람들 자체가 고학력의 인텔리 집단이거든요. 고학력자들은 우리 사회에서 생각보다 많은 것들을 결정하고 규정하는 집단에 속해 있어요.

Q. 비평가나 대중 사이에 갭이 있다고 생각하세요?

A. 비틀스Beatles와 엘비스Elvis를 예로 들어볼게요. 엘비스는 트럭 운전기사 같은 사람들이 좋아하는 가수였어요. 삶의 터전에서 일하는 사람들이요. 아직도 우리 어머니는 비틀스가 왜 좋은지 이해를 못 하겠다 하세요. 반면에 음악을 분석적으로 공부하듯 듣는 사람들은 비틀스를 좋아했죠. 비틀스의 음악은 분석적이고 시적이니, 음악을 평가하는 비평가 사이에선 최고로 꼽히는 거예요. 내 생각엔 우리가 문화를 통해 지적인 허영심을 채우려고 하기 때문이 아닌가 싶어요.

Q. 비틀스를 좋아하면, 내 음악적 소양이 높아 보인다고 생각하는 거요?

A. 확실히 문화를 통해 자신을 치장하려는 경향이 한국 대중에 있는 것 같아요. 내가 즐기는 문화를 과시함으로써 자신을 포장해 보이는 거죠. 그러고 보면 〈전국노래자랑〉에 모

여서 손뼉 치며 춤추는 동네 아저씨, 아줌마들은 정말 순수
하게 엔터테인먼트를 즐기시는 거예요. 안 그래요?

Q. 비틀스 좋아하시나요?

A. 사실 난 비틀스 음악 중 몇 곡 정도만 좋아해요. 하지만
비틀스를 안 듣는다고 음악을 못하는 건 아니거든요. 문화
를 지적 허영심을 충족하기 위한 치장 도구로 접근하게 되
면, 상대방을 무시하게 되는 부작용이 생기는 것 같아요. 문
화는 수평적인 건데 자꾸 수직적으로 만드는 거죠. 그런 사
람들이 좋아하는 게 플레이어들을 서열화하고 점수 매기는
거예요. 에릭 클랩튼Eric Clapton과 레드 제플린Led Zeppelin을
비교하는 나라는 아마 한국밖에 없을 걸요?

**Q. 한국 가요계에서 20년간 음악을 해오면서, 자연스럽게 깨닫게 된
점도 많을 것 같아요.**

A. 얼마 전 (이)문세 형님 라디오 프로그램에서 남진 선배님
과 '빈 잔'이라는 노래를 노래방 반주에 맞춰 함께 불렀는데,
막 가슴이 벅차오르는 거예요. 남진 선배님의 노래는 풍류

그 자체예요. 너무 자유롭죠. 그런데 지금까지 아무도 남진 선배님에 대해 음악적 분석을 시도하는 사람이 없잖아요. 나도 데뷔 초창기엔 기본 토양이 없어 늘 답답하고 초조해했던 것 같아요. 사람들이 내 음악을 좋아해 줄까, 평론가들의 의견에 상처도 받고. 내 음악은 비평가들이 좋아하는 음악이 아니었죠. 현실에 대한 타파 의지나 저항 정신이 있는 것도 아니었고, 자연스럽게 듣고 느끼고 즐기는 음악이었으니까. 분석가들이 뽑은 명반 대열에 내 음반이 들어가지 않아도 괜찮아요. 그들의 음반을 점수 매기는 기준에 내 음악을 억지로 맞추고 싶지 않아요. 음악은 철저히 좋아하는 사람들끼리의 소통이지, 범대중적으로 소통할 순 없는 것 같아요. 말하자면, '국민가수'라는 말 자체가 모순인 거죠. 그저 나는 내 음악을 좋아하고 공감하는 사람들과 함께 앞으로도 오래, 천천히 음악을 하고 싶어요.

Q. 뮤지션으로서 결혼 전후의 감정선에 변화는 없던가요?

A. 지금까지 이야기한 이런 생각들이 정립되기 전까진 고민과 갈등이 굉장히 심했어요. 그런 시간을 보내고 어느 정도

내 생각이 중심을 찾고, 결혼하고 가정을 꾸리면서 이전과
는 다른 감정들을 가지게 됐죠. 외로움이나 예민함, 우울감
같은 건 창작자들에게는 필요악이에요. 하지만 가정을 꾸
렸다고 외로움이 없어지진 않아요. 이전과는 조금 다른 외
로움이죠. 결혼하고 식구가 늘면서 목적도 뚜렷하고 안정된
삶을 살게 됐지만, 또 다른 게 오더라고요. 그 감정들과 끊
임없이 싸워야 하는 거죠. '내 인생, 고민 끝!' 하면 이 세상
엔 그 어떤 작품도 안 나올 거예요.

2010년 4월부터 윤종신은 〈월간 윤종신〉의 편집장이 되었다.
월간지처럼 매달 새로운 곡을 디지털 싱글의 형태로 세상에 선보
이고 있는 것. 지난 4월부터 매달 발표된 'Monthly Project'로 쌓
인 곡들은 지난해 10월 정규앨범 〈行步 2010 윤종신〉으로 발매되
었다. 1990년에 데뷔해 LP와 CD, 카세트테이프로 음반을 내던 가
수가 2010년, 디지털 싱글 메커니즘을 적극적으로 이용하며 재치
있게 음악을 계속 이어 나가는 것이다. 침체된 음악 시장과 듣는
이의 부재로 상황이 어려워 '나 더 이상 음악 못하겠다' 핑계를 대
지 않아 좋았다. 모든 문제를 대중과 시장의 탓으로 돌리는 비겁함

이 없어 좋았다. 나이가 든 '중견 가수'가 어떻게 디지털 싱글을 내나, 체면을 차리며 오래 뜸 들이지 않아 좋았다.

Q. 〈월간 윤종신〉 1월호 좋던데요? 월간으로 꾸준히 무언가를 낸다는 게 쉬운 일은 아닐 텐데. 부록이나 광고도 필요하고 말이죠. (웃음)

A. 손익분기점 그런 거 신경 쓰면 못 하죠. 요즘 사는 얘기를 그때그때 음악으로 표현할 수 있어서 난 'Monthly Project' 가 참 재미있고 좋아요.

Q. 그때의 감정으로 쓴 곡이 신선할 때 바로바로 발표하는 방법이 매력적이긴 한데, 사실 경제적인 부분도 무시할 순 없잖아요.

A. 경제력이나 대중적인 기반 면에서 예능을 하는 게 많이 도움이 되는 것도 사실이에요.

Q. 자신이 하고자 하는 음악을 계속하기 위해선 뮤지션이 예능을 해도 된다는 건가요?

A. 그렇다고 내가 후배들에게 "음악 할 돈 구하기 위해 예능 해라"는 말은 못 할 것 같아요. 음악도 그렇지만, 예능도 쉽

게 돈을 벌 수 있는 곳이 절대 아니에요. 내가 바람직한 현상은 아니지만, 그렇다고 잘못된 것도 아닌 것 같아요. 꾸준히 음악만 하는 사람들이 돋보이기 위해서 나를 거론한다면, 그런 거론이라면 뭐, 난 괜찮아요. 하지만 예능은 영화배우도 하고 탤런트도 하는데, 유독 뮤지션들이 더 이슈가 되는 것 같아요.

Q. 사람들이 뮤지션에 바라는 룰이 다른 분야의 아티스트들에 비해 더 엄격한 것 같아요.

A. 어쩌면 가요계나 음악계의 침체에 대한 히스테리일지도 몰라요. 예능 때문에 가요계가 침체된 건 아닌데, 무언가 화풀이하고 발산하고 비난할 곳이 필요한 거죠.

Q. 음악을 오래 하다 보면, 대중의 반응에 대한 요령이 생길 것도 같아요.

A. 분명 '이렇게 하면 잘될 거다' 하는 감은 생기는 것 같아요. 하지만 내가 좋아하는 게 우선인 것 같아요. 그리고 내가 쓸 수 있는 곡의 스펙트럼이 어느 정도 있다는 걸 알기 때문에 대중적으로 큰 욕심은 이제 안 부려요. 그런 의미에서

난 기획력이 좋은 맞춤형 작곡가는 아니죠. 난 분석력이나 기획력이 없어요. 음악 들으면서 코드도 잘 못 따요. (웃음) 그게 전문적으로 안 배워서인 것 같아요. 지금도 코드 딸 때 (조)정치한테 물어보고 그래요. 그럴 땐 음악을 배운 친구들의 도움이나 조언을 많이 구하는 편이죠.

Q. 음악 활동을 하면서 매너리즘에 빠진 적은 없었나요?

A. 나는 남의 음악도 잘 수용하고, 또 새로운 걸 잘 받아들이는 스타일이기 때문에 음악적으로 권태에 빠진 적은 아직 없는 것 같아요. 그런 면에서는 아직 소모가 덜 되지 않았나 싶어요. 한편으론 예능을 하는 게 음악에 많은 도움이 되기도 해요. 난 주로 생활의 이야기들을 음악으로 풀어내는 방식으로 작업하는 편인데, 매일 연습실에 틀어박혀 기타만 치고 있으면 내 음악의 소재는 외로움, 골방, 어둠 이런 것뿐이었을 거예요. 그런데 나는 밖에서 활동을 많이 하면서 열심히 살아가고 있기 때문에, 또 예능을 하면서 만난 많은 사람들의 이야기가 내 음악의 모티브가 되기도 하니까. 예능 활동이 음악에 도움이 많이 되죠.

Q. 〈슈퍼스타 K 2〉를 통해 강승윤과 윤종신이 연결되면서 많은 이슈들이 생겼어요.

A. (강)승윤이에게 곡 하나 준 것밖에 없는걸요. 좋은 색깔을 칠하면 아주 좋은 뮤지션이 될 친구예요. 좋은 곳으로 갔으니 이제 '바이바이' 해야죠. 난 좋은 원석을 발굴하는 역할까지인 것 같아요. 이제부터 마음으로만 응원해야죠.

Q. 〈슈퍼스타 K 2〉가 '스타 지상주의'를 부추긴다는 비판 어린 시선도 많았어요.

A. 〈슈퍼스타 K 2〉를 통해 음악계 전체를 말하면 안 될 것 같아요. 〈슈퍼스타 K 2〉는 스타를 뽑는 대회예요. 스타는 말초적으로 흥밋거리를 제공해야 하죠. 스타성이 있는 친구를 뽑아야 하고 그게 목적인 프로그램이에요. 스타가 아닌 뮤지션을 뽑는 창구가 많이 없기 때문에 〈슈퍼스타 K 2〉를 그런 시각으로 바라보는 사람들도 있다는 건 인정하지만, 음악성과 스타성의 비교를 〈슈퍼스타 K 2〉를 통해 이야기하는 건 무리인 것 같아요.

Q. 이 프로그램을 통해 '멘토'라는 이미지가 더해지기도 했는데.

A. 그 멘토 이미지, 사실 부담스러워요. 난 그들에게 영향을 끼치는 역할을 하고 싶진 않아요. 그냥 〈슈퍼스타 K 2〉를 통해 만난 친구들은 각자의 소속사가 정해졌으니, 그쪽에 잘 맞춰 적응했으면 좋겠어요. 그저 그 친구들과 내가 멋진 추억을 가지고 이별한 거라 생각해요. 나와 함께 했던 일들을 모두 좋은 추억으로만 가져가면 좋겠어요.

〈너의 결혼식〉, 〈부디〉처럼 감수성 어린 여린 노랫말을 지어 노래를 부르는 발라드 가수 윤종신의 이미지는 라디오 프로그램 DJ의 모습을 통해 재치 있고 입담 좋은 이미지와 절충되었다. 하지만 협상 라인은 여기까지. 우리는 슬픈 이별 노래 전문 가수 윤종신이 계속 사랑에 빠지고 이별을 반복하며 노래만 부르길 바랐다. 우리네 인생에서도 희로애락의 반복은 당연할진대 윤종신에게는 노(怒)와 애(愛)만을 강요했던 것이다. 윤종신의 희(喜)와 락(樂)은 오랜 시간을 대가로 치르고서야 사람들에게 인정받았다. 윤종신이 음악과 예능, 두 분야 모두에 전업이라 부를 수 있는 '돌연변이'가 된 것은 어쩌면 우리가 바라는 이상과 음악계 현실의 갭 사이에서 그 스스로 찾은 나름의 돌파구가 아니었을까.

Q. 음악을 포기하지 못해 예능으로의 우회를 선택한 건가요?

A. 그게 가장 큰 이유는 아니었지만, 어느 정도. 나에겐 돌파구이긴 했어요. 예능은 내가 좋아하고 잘하는 거니까. 하지만 음악에 대한 돌파구가 절대적으로 예능일 순 없어요. 무엇보다 공고하게 쌓여 있는 성(城)이 예능이라는 분야예요. 잘해야 살아남을 수 있는 고유의 특별한 장르죠. 굉장히 긴 시간의 투자가 필요하고, 수모도 겪어내야 해요.

Q. 뮤지션이 예능을 하는 건 피할 수 없는 비난의 대상인 것 같아요.

A. 음악을 하는 사람이 치킨집을 내거나 편의점을 내는 것과 예능을 하는 게 뭐가 다를까요? 이런 이야기가 나오면 어쩔 수 없이 예능을 편들게 되는 것 같아요. 엔터테인먼트를 천시하는 것 같다고 해야 하나?

Q. 유독 뮤지션에게 엄격한 잣대를 들이대는 거겠죠.

A. 맞아요. 유독 뮤지션에게는 퓨어한 이미지에 대한 기대

가 있어요. 그런 시각을 누가 만든 거며 그런 행동 강령이 어디서 만들어졌는지 잘 모르겠어요. 물론 한 우물을 꾸준히 파는 사람을 우대하는 경향이 있다는 건 존중하지만 그건 그저 경향일 뿐이지 명확한 룰이 될 수는 없어요. 나 같은 돌연변이가 나왔으면 파생되는 것도 좋겠죠.

Q. 스스로 돌연변이라 생각하시나요?

A. 거의 전업 수준으로 예능과 음악을 왔다 갔다 하는 사람은 흔치 않으니까요. 처음엔 사람들이 내가 예능 하는 걸 버거워했던 것 같아요. 하지만 이젠 어느 정도 인정을 하는 분위기죠. 내가 이걸 하면서 음악을 못하지 않았거든요. 그렇다고 갑자기 친대중적인 성향을 띤 음악을 한 것도 아니고, 그저 내가 하던 색깔 그대로 음악을 계속한 거죠. 사람들이 '저래도 되나?' 하는데 안 될 건 없어요.

Q. 예능과 음악 활동을 병행하다 보면 작업할 시간이 없지 않아요?

A. 음악 하는 사람들이 항상 음악을 하는 건 아니에요. 거의 농땡이에요. (웃음) 내가 밤새 예능 녹화하는 시간에 다

른 사람들은 음악 할 것 같죠? 안 그래요. 술 먹고 노는 시간이 더 많아요. 차라리 예전에 음악만 할 때보다 지금 더 기타를 자주 잡아요. 음악에 대한 절실함도 더 커졌고. 다른 분야를 열심히 하다 보니 내가 가진 재능이 얼마나 소중한지도 느끼고.

Q. 대중들이 버거워하면 결국 본인도 힘들어질 텐데.

A. 무엇이든 처음부터 리즈너블 한 건 없어요. 처음엔 내가 뭘 해도 사람들에겐 이해가 안 되죠. 힘든 시간은 반드시 있게 마련인데, 그 시간을 잘 넘기면 그만큼의 대가가 따른다고 생각해요. 멋진 분야일수록 텃세도 있고, 또 그걸 견뎌내면 그 세계를 얻게 되는 거예요. 개인적으로 난 텃세를 부정적으로 생각하지 않아요. 전문성이 필요하고 잘해야 인정받는 분야일수록 텃세가 심하죠. "너 나가!"가 아니고 "여기 쉬운 곳 아니야"인 거지, "여기 들어오지 마"가 아닌 거예요.

Q. 예능과 음악 사이를 자유자재로 누비는 감은 본능적인 건가요?

A. 예능도 하나의 멋진 장르기 때문에, 내가 음악에 적을 두

고 예능에 살짝 걸쳐져 있다는 이미지로 비치는 걸 원치 않았어요. 두 분야 모두 몰입, 몰입이지 양쪽에 한 발씩 걸쳐놓은 게 아니에요. 그 사이의 조율감은 정말 본능적인 것 같아요.

Q. 예능을 하면서 본인도 몰랐던 재능을 발견하게 된 건가요?

A. 늘 사람들의 생각을 넘어서는 걸 좋아했어요. 내가 만약 사람들의 상식선에서 어설프게 놀았다면 계속 그 수준이었을 수도 있어요. 상식적인 면을 납득이 갈 만하게 깨는 게 좋아요.

Q. 〈라디오 스타〉로 자리를 잡으면서, 예능인과 음악인의 이미지가 명확하게 분리되어 받아들여지더라고요.

A. 내 생각에 지금 한국 예능 전체에서 〈라디오 스타〉가 가장 첨단을 달리고 있는 프로그램이지 않나 생각해요. 격한 멘트가 나오고, 막말도 많이 하고. 욕을 먹으면서 반대로 칭찬도 많이 받는 프로그램이에요. 곪은 걸 짜내는 느낌으로 꺼려하는 이야기를 드러내니까.

Q. 본인이 진행하는 프로그램을 통해서는 음악 활동에 대한 이야기를 안 하는 것 같아요.

> A. 예능 프로그램에서 나는 예능인이지, 뮤지션으로 비치고 싶지 않아요. 예능 나와서 내 음악 홍보하는 건 아니라는 생각이 들어서 스스로 세운 룰 같은 거죠. 예능과 음악을 철저하게 이원화하고 싶었어요. 빨간색과 파란색, 따로 존재하자. 이 둘이 섞여 보라색이 되지 말자, 하는 식으로.

Q. 〈라디오 스타〉의 과격한 이미지가 처음엔 조금 부담스럽지 않았어요?

> A. 난 지금보다 더 선을 넘어야 한다고 생각해요. 유재석과 강호동은 범대중을 상대하기 때문에 부드러워야 하지만, 김구라나 유세윤, 윤종신은 좋아하는 사람들만 상대하는 프로그램의 MC들이죠.

Q. 엉뚱한 길이라는 비난을 하고 돌아서는 음악 팬들도 많았나요?

> A. 뭔가 새로운 일을 하려면 기존에 하던 일이 피해를 안 받을 순 없겠죠. 잃는 걸 두려워하면 안 될 것 같더라고요. 이

미지라는 것 때문에 내가 하고 싶은 걸 못 하고 사는 건 족쇄예요. 매끄럽고 자연스러운 이미지 변신은 어쩌면 변신이 아닐 수도 있어요. 발라드 가수가 도자기를 굽는 일은 이미지에 맞는 일인 거죠. 그렇다고 내가 싫은데 도자기를 구울 순 없잖아요? 그게 무슨 변신이야. 사람들에게 칭송받고자 시작한 건 변신이 아닌 것 같아요. 당연히 싫어하고 비난하는 사람들이 있겠죠. 하지만 어떻게 해, 내가 좋아하는걸.

Q. 대신 오랜 시간 함께 해준 팬들도 있어요.

A. 시간이 흘러가고, 나이가 들어갈수록 내 음악, 이야기가 달라져요. 예전엔 화를 냈던 이야기들에 지금은 슬며시 웃고 있고, 가사의 화법도 많이 바뀌고. 또 앞으로도 바뀌겠죠. 나는 교감하고 공감하는 걸 즐기려 음악을 하는 사람이기 때문에 팬들과 함께 나이 들어가고 함께 이야기하는 화제들도 비슷하게 바뀌어간다는 게 참 좋아요. 음악을 오래 하다 보니 음악으로 무언가를 가지고, 이기려는 욕심이 많이 사라졌어요. 보이는 것에 대한 욕심도 많이 버린 편이죠. 대신 속이 알차야겠다는 생각을 해요.

Q. 시간이 지나면서 조금 더 가치를 두게 되는 것들이 생겼나요?

A. 아이를 낳고 많이 느끼는 건데 큰돈을 버는 것보다 아이에게 부끄럽지 않은 아빠가 되는 게 중요하다는 생각이 들기 시작했어요. 모든 일을 할 때의 기준이 되더라고요. 큰돈을 벌고 잘 될 수 있는 일이지만 남을 짓밟거나 누군가 피해를 보는 일이 생기는 건 안 하게 되는 것 같고.

2010년의 마지막 날, 윤종신은 그의 공식 사이트 윤종신 닷컴에 이런 글을 썼다. "올 한 해 들었던 얘기 중에 최고의 찬사는 '열심히 한다'였습니다. 교만한 사십 대로 늙지 않게 해준 이삼십 대의 우쭐함, 우둔함과 시행착오에 감사합니다." 인터뷰의 마지막, 가수 윤종신이 아닌 사람 윤종신의 인생에서 녹색광선을 보았냐고 물었다. 그는 "아직 못 본 것 같다" 대답했고, 천천히 오래 음악을 하고 싶다는 말을 되뇌었다. 가수와 예능인, 윤종신의 상반된 두 얼굴이 다른 사람처럼 완벽히 분리되기까지 우리도 그도 많은 시간을 인내하며 기다렸다. 추억 속의 가수가 아닌, 과거의 기억과 현재를 함께 공유할 수 있는 뮤지션이자 예능인으로 여전히 우리 곁에 윤종신이 있어 참 고맙고 다행이다.

Behind Story

나는 학창 시절, 하루가 멀다 하고 노래방에 가던 아이였다. 갈 곳도 할 것도 별로 없던 90년대, 그 작은 노래방 안에서 울리던 윤종신의 노래들이 오랫동안 내 추억이 되었다. 90년대 말 등장한 기획사형 아이돌들로 설 곳이 없어진 가수들이 잊히기 시작했다. 윤종신 또한 그중 하나였다. 그러다 그가 〈라디오스타〉에 김구라 옆 MC 자리에 나타났다. 많은 이들이 그의 '변절'을 탓했다. 내가 그를 만나야겠다고 생각한 건 매달 싱글 하나씩을 발표하는 〈월간 윤종신〉 때문이었다. 매달 책을 만드는 잡지 에디터인 나로서 정해진 기간마다 무언가를 내놓는다는 게 쉽지 않은 일임을 알기 때문이었다. 무슨 못다 한 말이 많아 그리 음악을 하는지, 그 멈추지 않는 힘과 내공은 어디에서 오는지 궁금했다. 그리고 나의 90년대의 추억으로 남지 않고 세기가 바뀌어서도 '현재'의 뮤지션이 되어주어 고맙다는 말을 전하고 싶었다.

홍대 구석진 골목 카페에서 만난 그는 처음엔 조금 당황하는 눈치였다. 다른 잡지들처럼 스튜디오에서 메이크업, 헤어에 스타일

링도 하고 사진을 찍는 줄 알았던 거였다. 인터뷰를 한 시간쯤 했나. 그는 매니저에게 다음 스케줄을 최대한 미뤄달라고 부탁했다. 나 역시 오랜만에 말 통하는 사람을 만난 기분이었다. 그는 길고 긴 인터뷰가 끝나고 카페를 나서다 노점상에서 멈춰 스태프들 줘야겠다고 털모자를 몇 개 사 갔다. 인터뷰가 실린 책이 나온 후 전화를 받았다. 다른 잡지사의 기자였다. 윤종신에게 인터뷰를 요청했는데 자신이 하고픈 말은 나와의 인터뷰에서 다 했다며 나에게 연락해 보라고 했다고. 내가 허락한다면 기사 내용을 인용해도 되겠냐고. 나와의 인터뷰가 마음에 들었구나, 얼마나 마음이 꽉 찼는지 모른다. 지금까지도 기억에 남는, 내가 하는 일에 대한 확신과 자신감을 준 인터뷰이 중 하나다.

윤종신은 이 인터뷰 이후 10년이 지난 지금도 예능과 음악을 동시에 하고 있다. 가끔 그가 발표하는 음악에서 삶의 부대낌도, 외로움도, 서러움도 보이고 삶의 지혜도, 따뜻함도, 배려도 보인다. 그걸 숨기지 않고 음악으로 보여주는 뮤지션이 귀한 세상이다. 그가 앞으로도 오래오래 음악을 했으면 좋겠다.

2부

나만의 위도를
찾아서

덜 존재하는 삶,
그리고 작은 외딴섬

서른 넘어 늦깎이 사회생활을 시작하며 '강남'으로 출근했다. 화려한 동네는 정작 그곳을 누비는 사람들을 초라하게 만든다. 사람들은 도시의 화려함에 지지 않으려 비싼 자동차와 명품으로 자존심을 부린다. 위성도시에 살던 나는 하루에 두 번씩 한강을 넘나들며 출퇴근으로만 지하철에서 서너 시간을 보냈다. 그래도 재미있었다. 좋아하는 글쓰기로 일을 했고, 글을 쓰기 위해 수많은 그리고 다양한 삶을 들여다봤다. 그렇게 몇 년을 보내면서 다른 이의 삶과 시대의 화두, 트렌드는 잘도 꿰뚫어 봤다.

하지만 정작 내 삶은 들여다보지 못했다. 항상 목이 말랐다. 잡지사 에디터로 인정받을수록, 내 글의 영향력이 커질수록 삶은 뻔해졌다. 몇 년 후의 삶이 충분히 예상 가능했다. 이러다 결혼해 애 낳고 대출받아 집을 사야겠지. 그리고 남은 시간 동안 조금씩 대출금을 갚으며 일탈 없는 성실한 삶을 살아가겠지. 누군가는 그런 삶을 안정이라고 여기겠지만 나는 그걸 권태로 인식했다. 실패와 불안정을 좋아하는 이는 아무도 없을 거다. 그렇다고 삶의 안정과도 친해질 수 없는 형질의 사람이 나였다. 권태는 모든 것이 더할 나위 없이 잘 나아가고 그러면서 아무 일도 일어나지 않을 때 서서히 나를 잠식한다. 삶에서 선택할 수 있는 게 점점 더 사라져 갔다. 그렇게 무기력하고 게을러지고 멍해지기 시작했다.

내 삶의 대부분은 열등감을 이겨내려 아등바등하는 시간이었다. 잡지사 에디터로 삶의 이야기가 풍부한 사람들을 숱하게 찾아다닌 이유는, 결국 스스로 이야기가 풍부한 사람이 되고 싶어서였다. 자신의 이야기가 부족한 사람들은 허언과 허풍이 심하다. 없는 걸 있는 척 꾸며야 하기 때문이다. 그런 사람들일수록 대부분 자존감이 부족하고 자존심이 세다. 대한민국의 화려한 패션계와 엔터테인먼트 업계 사람들과 가까이 일했던 나는 그걸 버티질 못했다. 적어도 나에겐 진짜와 가짜를 구별할 정도의 안목이 있었다. 이제 스스로 삶의 이야기를 풍성하게 할 때라 생각했다. 서울에서 나는 순간을 겨우 이어 붙여가며 하루하루 위태롭게 버티며 살고 있었다. 패션지에서 일하지만 명품 브랜드엔 관심도 없었고, 인간관계도 별로였고, 마음 둘 데도, 준 곳도 없었다. 어차피 이렇게 순간을 버티고 버티며 살아가야 한다면 여기보단 다른 곳이 낫지 않을까?

세상 사람들이 내 삶을 가장 안정적인 상태라고 말하던 그때 나는 길을 잃었다. 본래 방황이 주특기다. 안정적일 때보다 방황할 때 삶은 모순되게도 더욱 활기를 띤다. 자신을 들여다보는 시간은 언제나 옳다. 나란 인간에 대한 탐색, 나란 사람과의 대화가 필요한 때가 됐다. 오래전부터 알고 있었지만 외면해 왔던 일이다. 이제는 꼭 해야 할 일이다.

그때 처음 바다를 만났다. 아니 바닷속을 만났다. 잡지사 출장으로 떠난 해외 리조트 여행에서의 체험 다이빙이었다. 해변에서

폼 잡고 사진만 찍어봤지 바닷속에 오랜 시간 잠겨 있었던 건 태어나 처음이었다. 수면 아래로 몸이 잠기는 순간 세상의 온갖 소음이 머릿속 잡생각과 함께 사라졌다. 그토록 고요하고 평화로운 세상은 처음이었다. 그제야 내가 얼마나 세상의 소음에 힘들어하고 있었는지, 그런데도 안 그런 척, 그래야 강하고 멋진 거다, 괜찮다, 하며 버티고 있었는지 깨달았다. 이 고요와 평화가 절실했다. 그 칠흑같은 고요 속에 오직 나의 숨소리만 들렸다. 호흡 소리에 이토록 온전히 온 감각을 집중해 본 적이 있었던가. 내가 숨을 쉬고 있다. 내가 살아 있다. 바닷속 세상을 만나고, 바다에 기대어 사는 다이빙 강사의 삶을 엿보고, 열대 섬 밤하늘에 빛나는 선명한 별과 달을 마음에 가득 담아 서울로 돌아온 나는 예전의 내가 아니었다.

도시에 돌아온 이후 하늘만 쳐다보며 다녔지만 빌딩 숲에 가려 보이질 않았다. 이제야 어느 곳에 눈을 두고 살아야 하는지 깨달았는데 눈이 닿는 곳엔 화려한 건물과 불빛, 그것에 지지 않으려 애쓰는 사람들뿐이었다. 같은 하늘 아래에서도 어디 있느냐에 따라 이리 다르다. 계속해서 서걱거리는 마음으로 많은 이들을 만나 인터뷰하고 글을 썼지만 내 관심은 온통 바닷속이었다. 그래서 바닷속에서 최대한 오랜 시간을 보낼 수 있는 방법을 찾기 시작했다. 다른 사람들의 삶에 대한 호기심을 마침내 나로 옮겨야 하는 때가 온 것이었다. 지금이 아니면 영영 안 될지 모를 일이었다.

여행자가 아닌 '로컬'로 살 수 있는 곳. 내가 좋아하는 바닷속에 매일 들어갈 수 있고 아토피 피부가 괴롭지 않게 습도와 온도가 완벽한 곳. 더 이상 습관처럼 자기소개서에 '명랑, 쾌활'이라 쓰지 않고 내 모습 그대로 온전히 살아갈 수 있는 곳. 삶의 쓸쓸함과 그늘을 마치 없었던 것처럼 감추지 않아도 되는 곳. 길을 걷다가도 혹 치고 들어오는 자격지심이나 '내가 저들에 비해 잘 못 살고 있는 건가?' 하는 조바심 없이 나만의 속도로 재미있게 살 수 있는 곳. 사는 동네 이름이나 차, 가방, 옷으로 평가되지 않는 곳. 경제적 성장에 집착하기보다 인격의 성장에 더 시간을 쓰며 타인과 나 자신을 더 잘 이해할 수 있는 곳. 덜 벌고, 덜 쓰고, 덜 일하고, 덜 경쟁하고, 덜 가르치고, 덜 배우는 곳. 그래서 덜 존재하는 삶을 살 수 있는 곳.

그렇게 태국 동남부 바다 한가운데 뚝 떨어져 있는 작디작은 섬, 꼬따오에 왔다. 이 섬을 내 것으로 만들기 위해서가 아닌, 이 섬에 온전히 스며들기 위해서. 나에게 꼭 맞는 위도를 찾아서.

시대의 거짓말에
동의하지 않는다

꼬따오에 오기 전 다니던 회사의 편집장에게 사표를 건넸다. 독립 잡지에서 일하던 나를 직접 스카우트했던, 인디 정신과 스트리트 정신으로 똘똘 뭉친 나를 '거리의 아이'라 부르던 분이다. 불쑥 내민 사표에도 크게 놀라지 않는 눈치였다.

"잡는다고 들을 네가 아닌 걸 알지만 그냥 궁금해서. 그만두고 뭐 하게?"

"다이빙하려고요."

간단명료한 대화였다. 몇 년 후 편집장도 잡지사를 떠났고 여전히 한국에서 나를 응원하고 있다.

직장 생활을 할 땐 꼬박꼬박 통장에 월급이 들어왔다. 나라는 성실하게 세금을 떼어갔다. 살면서 가장 안정적으로 돈을 번 시기가 아니었나 싶다. 아무리 큰 회사라도 에디터 월급은 박봉이다. 세상 모든 직업군의 연봉이 올라도 글 쓰는 일에 대한 가치는 절대 안 오를 거라고 기자들끼리 모여 푸념 비슷한 농담을 하곤 했다.

하루에 잠자는 시간과 출퇴근 시간을 뺀 나머지 시간 모두를 회사에 바치는 것에 비해 시간의 가치를 매기는 연봉은 너무 적었다. 아니 시간이라는 개념에 가치를 매기는 것 자체가 터무니없었다. 사회 시스템은 시간에 금액을 매기는 기준을 '개인의 능력'이라 말한다. 우리는 기꺼이 시간을 바친다. 각자의 시간에 매겨지는 금액을 높이려 태어나자마자 영어를 배우고, 스펙을 쌓고, 학원에 다니고, 과외를 받는다. 나라는 사람에 대해 잘 알지도 못하는 누군가가 숫자 몇 개로 내 가치를 판단하는 것 자체가 모순이다. 하지만 우리 모두 그걸 알면서도 회사에 다닌다.

내 이름보다 잘난 회사 이름이 찍힌 명함 덕을 잠시 보고 살았다. 행복하지 않았다. 오히려 자존심이 상했고 반항심만 커졌다. 한편으론 두렵기도 했다. 나에게서 명함을 빼면 무엇이 남을까. 나라는 사람의 본질적인 명함은 과연 무엇인가. 나를 치장하는 모든 수식어를 빼고 내 이름 세 글자만으로 살아갈 수 있을까. 회사 다니는 내내 근본적인 질문에 답을 찾으려 여기저기 코를 박고 킁킁댔다. 지금 여기서 뭘 하고 있는 거지, 무엇을 위해서 그리고 어딜 향해, 어떻게 가고 있는 거지? 단 하루도 거르지 않고 답도 없는 질문을 수도 없이 떠올렸다.

행복이란 무엇인가. 온전히 스스로 행복해질 수 있을까. 어떻게 살아야 하는가. 무엇을 지향하며 살아야 하는가. 아무도 재촉하지 않는데 하루 이틀 한 고민도 아닌데 괜히 마음이 급해졌다. 이십 대엔 방황도 멋인데 삼십 대엔 주책이다. 사회는 삼십 대를 유독 엄격하게 대한다. 책임과 복종을 강요한다. 이 정도 나이면 뭐든 하나 결론을 내야 할 것만 같은 분위기에 압도되고 있었다. 이 자체만으로 부담이요, 스트레스인데 나는 낙관주의자도 아니었다.

잡지사 에디터로 처음 보는 사람들과도 잘 섞여 일을 진행해야 하니 언제나 영업 미소를 장전했다. 촬영이나 인터뷰 현장에서 최대한 긍정적인 기운을 쏟아내려 노력했다. 그러다 방전된 배터리 마냥 털털거리며 겨우 집으로 돌아가 몸을 뉘었다. 다음 날 다시 침대에서 빠져나와 반복되는 하루. 자본주의의 꽃 잡지사 피처 에디터로서 사명을 다해 사람들의 소비를 부추긴다. '거리의 아이'인 나는 늘 그게 마음에 부대꼈다.

취재로 브랜드 행사에 가면 더 외로웠다. 차라리 홍대 구석진 라이브 공연장에 유일한 관객으로 서 있는 게 덜 외로웠다. 화려한 서울의 불빛 중 내 빛은 없었다. 지금까진 어찌어찌해 왔지만 앞으로도 이곳에서 계속 이렇게 살아갈 자신이 없었다. 인터뷰를 전문으로 하는 에디터로서 공감 능력과 예민함은 커리어에 큰 득이 됐다. 반면 공감을 잘하고 예민한 탓에 한 공간에 열 명이면 열 명, 제각각의 감정과 기운을 모두 느꼈다.

세상 모든 일에서 자유롭지 못하다. 동시에 세상 모든 게 나를 향해 날아드는 화살이다. 피곤하고 괴로운 일이다. 이 모든 것으로

부터 잠시만이라도 자유로워질 수 있다면.

　　말하자면 겁을 먹었다. '어른', '사회', '책임', 남들도 모두 힘들게 거치는 관문에 다들 티 안 내고 잘 살고 있는데 괜히 나만 유난인 것 같아 머쓱했다. 그래서 내가 얼마나 괴로운지 외로운지 티도 못 내고 살았다. 주변엔 견디는 사람들이 많았다. 그건 나에게 "너 또한 견뎌라" 하는 무언의 압박과 같았다. 견디지 않으면 이 사회가 바라는 생산적인 구성원에 들지 못할 거란 두려움이 컸다. 아무렇지 않게 타인의 삶에 관여하고 오지랖 부리며 강요까지 하는 선 넘는 사람들도 싫었다. 언제까지 버틸 수 있을지 가늠이 안 됐다. 이 시대의 거짓말, '열심히 하면 성공하는 사회'. 여전히 우리가 다음 세대에게 선전하고 있는 그 거짓말에 더 이상 동의할 수 없었다.

기묘한 도시,
서울에서 도망칠 용기

　차갑고 건조하고 무표정한 서울의 겨울은 가혹했다. 무거운 코트는 마음을 더 무겁게 짓눌렀다. 아토피에, 기관지가 안 좋아 늘 혼자서 "겨울 없는 나라로 떠나고 싶다"고 중얼거리곤 했다. 서울이라는 도시를 호기심과 경외에 찬 눈으로 바라봐야 하는 피처 에디터의 처지에도 불구하고 서울이, 서울에 사는 사람들이, 그리고 서울에 살지 못하는 나 자신이 애처롭기만 했다. 괴롭히는 사람이 없는데도 괴롭고, 독촉하는 사람이 없는데도 조급하고, 싸움 거는 사람이 없는데도 늘 싸우는 기분이 들게 하는 기묘한 도시, 서울.

일을 하며 만난 보기에만 화려한 사람들은 행복하지 않았다. 전국 방방곡곡을 쏘다니며 각종 음악 페스티벌에 라이브 공연에 영화제를 취재하러 다녔지만, 늘 작은 상자 안에 갇혀 같은 곳을 뱅뱅 도는 기분이었다. 주어진 역할에 최선을 다했지만 단 한 번도 이게 누구를 위한 게임인지 또 왜 그래야 하는지 의문을 품거나 질문하지 않았다. 그저 혼자서 투덜거리기만 하는 소심하고 성실한 '소비자' 중 하나였다.

사회는 인간의 삶을 빅데이터로 만들어 평균을 내고 적합한 사회적 역할과 기대치를 요구했다. '평균'과 '절대적'이라는 단어는 세상에 존재해선 안 된다. 시각장애인들에게 평균 시력이란 존재하지 않으며 시각이라는 감각은 절대적이지 않다. 그런 개념은 오직 눈으로 보는 사람들에게만 말이 된다. 나라는 사람의 고유한 인생에 다른 이들의 평균과 절대치를 들이미는 게 불쾌했다. 다만 이 불쾌함을 누구에게 따져 물어야 할지 모를 뿐이다.

그래서 도망치기로 했다. 수많은 사람과 나눠야 하는 공간과 시간에서 끝내 내 자리를 찾지 못했다. 삼십 대 중반 나는 사람들이 만들어 놓은 수많은 인스타그램 해시태그 그 어디에도 속하지 못했다. 지금 여기 내 자리가 없다면 어디엔가는 있지 않을까. 도망친 그곳이 무섭고 외롭지 않겠냐 걱정하는 친구도 있었다. 살면서 가장 두려운 건 익숙한 수많은 사람들에 둘러싸여 있음에도 불구하고 외로운 거라고. 사람들은 내 주위에 있는 것이지 진정 나와 함께하는 것이 아니다. 아무도 나를 모른다. 사실 나도 나를 모른다. 그럴 바엔 여기가 아니어도 괜찮다.

'안정감'이라는 최면에 걸려 그걸 위해 무엇을 얼마나 희생하는지도 모른 채 공허하게 살 바에야. 불안정하고 미래를 알 수 없고 외롭고 두려운 어딘가로 도망쳐 보는 것도, 시도 자체만으로 가치 있지 않을까. 적어도 회사 인사부 직원이 무미건조하게 숫자로 매기는 내 시간의 가치보다는 낫지 않을까. 내가 함께 살아가고 싶은 사람들과 커뮤니티를 단 한 번만이라도 선택할 수 있다면 어떨까.

단 하나, 나를 등 떠밀어 줄 핑계가 필요했다. 그때 마침 바다가 내게로 왔다. 고작 30분 경험한 생애 첫 바닷속 경험이 삶의 방향을 틀었다. 도망쳐 잃을 것이 하나라도 있을까 생각했다. 아무것도 없었다. 습도가 40퍼센트인 나라에서 70퍼센트인 나라로 간다고 해서 삶에 드라마틱한 변화가 올 거라는 큰 기대도 없었다. 모든 건 낯설고 쉽지 않을 것이다. 하지만 그저 단 한 순간만이라도 온전히 자유와 행복의 순간을 경험하고 싶었다. 그 감정을 만져보고 질감을 느끼고 싶었다. 살아 있다는 걸 느끼고 싶었다. 사회 시스템에 갇혀 끝없이 자기 연민과 자기 비하를 오가는 횟수를 줄이고 싶었다. 조금 더 나를 보살피고 사랑하고 싶었다. 도망칠 용기를 내자 실행에 옮기지도 않았는데, 결심만으로도 삶에 미세한 진동이 생기기 시작했다. 가슴이 뛰었다.

선 곳이 달라지면 풍경이 바뀐다. 태어나 처음으로 스스로 선 곳을, 풍경을 직접 바꾸기로 결심했다. 살아지는 게 아닌 살아보기로 한 것이다. 여전히 확신은 없었다. 해보는 수밖에 없었다. 그래서 여름과 바다를 좋아하는 나는 태국의 작은 외딴섬 꼬따오로 떠나기로 했다. 섬을 통틀어 나를 아는 사람이 아무도 없는 곳. 그곳에서 나는 누구라도 될 수 있었다. 행복을 찾으러 떠난 건 아니다. 행복해야 한다는 강박에서 벗어나는 것부터 시작해야 한다. 열심히 살아야 한다는 의무와 습관으로부터 먼저 벗어나야 한다.

사람들은 나를 '82년생 아무개' 중 하나로 뭉뚱그렸지만 더 이상 불행한 채, 안 그런 척 살고 싶지 않았다.

어른이 되면 스스로 꽤 많은 걸, 또 잘 알고 있다는 착각에 빠진다. 마크 트웨인은 자신이 잘 모르는 것이 아닌 잘 안다고 확신하고 있는 것 때문에 문제가 생기는 거라고 했다. 나는 다행히 아는 것도 확신하는 것도 없었다. 그래서 바닷속으로 도망치기로 했다. 여름만 있는 나라, 소박한 사람들이 나누며 사는 작은 섬, 그리고 따뜻한 바닷속. 바다라는 자연에 빌붙어 살 거라 어떻게 밥벌이를 해야 할지도 분명치 않았다.

행복한 척하지 않고 행복해야 한다는 강박에서 벗어나 진정 행복하게 살 수 있을까. 그 실험을 해보기로 했다. 내 삶과 시간의 가치를 스스로 매겨보기로 했다. 오직 내 이름 석 자만으로. 도망칠 용기를 내고서야 실험은 비로소 시작될 수 있었다. 준비가 됐다. 모든 것에 마음을 열고 모든 경험을 받아들일 준비. 설사 이 실험이 실패하더라도 시도 자체만으로 충분히 가치 있지 않은가.

그저,
온전히 살고 싶어서

과연 삶은 노래할 만한 가치가 있는 것인가. 대한민국에서 나고 자라 성인이 되고 나서도 늘 나를 옴짝달싹 못 하게 만드는 거대한 질문이었다. 내가 살아가는 사회는 과연 사회적인가. 지극히 비사회적인 사회에서 사회적 인간이 되려는 내 노력은 얼마나 가치가 있을까. 나는 이 사회를 비극적으로 만들어가는 데에 일조하는 구성원인가 아니면 그 반대인가. 아니, 내가 반드시 사회의 충실한 구성원이 되어야 하나. 왜 그리고 무엇을 위해서. 무엇보다 중요한 것은 그것이 과연 내가 원하는 것인가. 아니면 그저 그렇게 살라고 교육을 받아왔고 남들도 그렇게 살기 때문인가. 시니컬한 몽상가요, 낭만주의자인 내가 늘 짊어지고 다니며 굳이 스스로를 괴롭히던 질문들이다.

시간이 지나면서 더 냉소주의자가 되어갔다. 나뿐 아닌 대부분이 그랬다. 냉소주의자들로 가득한 세계에서 이상주의자가 되려는 몸부림으로 끝없이 쓰고, 질문하고, 반성하며 스스로 갈등을 초래했다. 갈등의 근원은 나조차 자신을 잘 모르기 때문이었다. 무엇을 원하는지, 어느 방향으로 가야할지 모르니 이리저리 흔들리고 잘못된 길을 택했다 돌아 나오길 반복했다. 옷 한 벌을 사거나 화장품 하나를 사더라도 내가 좋아서 사는 건지 사람들이 나를 좋아하길 바라서 사는 건지 알 수 없었다. 다수가 만들어 놓은 '미'의 기준에 들려고 이러는 건지 진짜로 이 옷을 입고 화장을 해서 스스로 만족이 되는 건지 알지 못했다.

에디터로 일하며 사람들을 좇았다. 그들이 밟아온 삶의 행적으로 이룬 결과물보다는 삶을 바라보는 태도나 시선이 궁금했다. 나에겐 그런 걸 갖추는 게 쉽지 않았기 때문이다. 그래서 아티스트와 그들의 아트워크를 해석하며 스스로 감각을 열고 감동했다. 에디터 일은 사적인 이익 추구였다. 스스로 영혼을 살찌우고, 삶의 태도와 시각을 갖추고, 실천할 수 있는 용기를 배우고 축적하는 시간이었다. 내가 만난 사람 중엔 성공과 돈, 명예를 좇는 이들도 수두룩했지만 진정한 삶의 본질과 가치를 탐구하는 이들도 많았다. 내 안에 다른 이들의 삶의 재료가 어느 정도 쌓였다 느꼈을 때 세상 누구와도 그리고 어떤 것과도 상관없이, 스스로 흔들림 없는 중심을 잡게 되었다.

생각보다 오랜 시간 나는 나를 너무 몰랐다. 다른 이와의 비교를 멈추니 진정 원하는 것이 보였다. 화려한 패션계에서 자신을 표현하는 유일한 방법이 패션이라 믿는 수많은 사람에 둘러싸여 BYC 러닝셔츠에 청바지, 반스 운동화로만 수년을 보냈다. 그리고 자신만의 멋진 스토리를 가지고 신념으로 이어나가는 작은 스트리트 브랜드들의 옷을 찾아 사 입었다. 아무도 의미를 모르지만 그들이 알고 내가 알면 그만이다. 비슷한 철학을 가지고 같은 방향을 지향하는 이들과 연대하는 것, 그것이 진정한 커뮤니티의 힘이라는 걸 배웠기 때문이다.

생각보다 나는 나를 너무 몰랐다. 생각보다 나는 용기 있고 나를 사랑하며 지지하는 사람이었다. 여태 엄한 사람들에게 인정받으려 숱한 시간을 허비하고 있었다. 모자라고 허술한 대로 자신을 인정하고 받아들이는 것, 진정 원하는 것을 찾아나가는 것, 그것을 마침내 실행하는 것, 그리고 어떤 일이 있어도 스스로 사랑하고 지지하겠다는 결심. 그 모든 과정을 거치고서야 용기를 낼 수 있었다. 잘나가던 회사에 쿨하게 사표를 던지고 멋지게 태국 외딴섬으로 떠난 것처럼 보이는 과정의 이면엔 숱한 갈등과 자기혐오와 절망과 실망과 두려움이 있었다.

결정적으로 도망칠 용기를 낼 수 있었던 건 나를 사랑하기로 결심한 순간 때문이었다. 그러자 내 삶이 애처로워 보였다. 삶은 이보다 더 아름다워야 한다는 생각이 들었다. 패션, 언론계에선 삶을 냉소적으로 바라보는 시각이 '쿨병'처럼 도처에 퍼져 있었지만 설령 그것이 촌스럽고 트렌디하지 못하다 하더라도 진정으로 삶을 축복하고 노래하고 싶었다. 삶 자체의 놀라움과 경이로움, 아름다움을 주체하지 못해 어디서든 망설임 없이 노래하고 춤추는 삶. 다른 이의 눈에 어찌 비칠까 걱정하지 않고 인생 그 자체를 순수하게

바라보는 삶. 아주 작은 것에도 놀라고 희망하고 절망하고 사랑에 빠지는 삶. 인생에 아주 잠시뿐이더라도 좋으니 생에 단 한 번이라도, 영원하지 않더라도 지속되지 않더라도 그런 삶을 살아보고 싶었다. 나는 그런 삶을 누릴 가치가 있는 존재이니까.

시니컬한 몽상가이자 냉소주의자, 차가운 여자가 뜨겁고 펑키한 여름의 섬으로 떠난 이유는 너무나 단순하고도 명료했다.

그저 삶을 온전히 살고 싶었다.

뱃속에 나비가
날아다닌다

　나는 이 섬에서 소속이 없다. 명함이 없다는 건 경제적 불안정을 의미하기도 했지만 동시에 나를 소개하는 수식어를 오롯이 스스로 정할 수 있다는 자유를 의미하기도 했다. 이 섬에선 아무도 나를 몰랐다. 누구에게도 나의 가치를 증명할 필요가 없었다. 그저 내 존재만으로 환영받고 존중받는 곳이다. 서로 이름만 부르니 나이를 알 필요도, 상하 관계나 호칭을 정리할 필요도, 텃세 부리며 힘자랑할 일도, 가식을 떨 이유도 없다. 누구도 술을 억지로 권하지 않는다. 각자 원하는 만큼 마시면 된다. 사람들과 어울리다 집에 가고 싶을 땐 언제든 눈치 안 보고 가면 된다. 이곳 사람들은 함께 나누는 시간만큼 서로의 프라이빗한 시간을 존중한다.

  무엇보다 가장 좋은 건 원하면 언제든 다이빙을 할 수 있다는
것이다. 바닷속을 떠다니다 뭍으로 올라와 작은 섬에서 잠시 쉬고
다음 날이면 또 바닷속을 헤매다 작은 섬에서 쉬고. 하루에 서너
시간 이상은 바닷물이 몸을 감싸고 있으니 시간이 지나며 내 몸
은 바다가 되어간다. 도시의 소음에서 해방되어 온갖 새소리, 바람
소리, 파도 소리가 일상을 채운다. 건물이 낮아 어디서든 해와 달
과 별, 구름을 즐길 수 있다. 서울에서처럼 빼곡히 들어선 고층 빌
딩에 가려진 반쪽짜리 하늘을 보며 잘 보이지도 않는 구름 모양을
상상할 필요가 없다. 빛 공해가 없어 밤하늘에 가득한 별과 달을
보며 잠이 든다. 도시에 살 때 느꼈던 것보다 자연이 훨씬 가까이
에 있다. 도시에서 오랜 시간 음악을 듣고 공연을 보고 영화를 보
고 그에 대한 글을 쓰며 살았다. 자연과 멀리 살아 그리도 음악과
영화에 집착하며 탈출구를 찾았던 것이다. 섬에 온 이후로 일부러
음악을 찾아 듣거나 시간을 죽이려 영화를 찾아보지 않았다. 일상
은 바다와 하늘과 우거진 정글로 이미 충만했다. 환절기면 찾아오
던 비염도, 스트레스로 인해 달고 살던 편두통과 불면증, 아토피도

사라졌다. 그렇다. 이것이 내가 원하는 삶이다.

이 섬에 사는 사람들은 모두 각각 하나의 섬이다. 섬처럼 따로 떨어져 있으면서도 때론 같이 모여 서로 기대고 쉬어가는 또 다른 섬을 만든다. 나는 이곳을 '도망자들의 섬'이라 부른다. 나처럼 자신이 속했던 사회에 신물 난 사람들이 도망쳐 온 곳이다. 우리 모두 어떤 곳에서 어떤 식으로든 '아웃사이더'였다. 이 섬에 사는 사람들은 대부분 태국 국적이 아니다. 제각각 인생의 또 다른 챕터를 찾아온 사람들이기에 기본적으로 조심스럽고 겸손한 태도를 지녔다.

온몸에 문신과 피어싱이 가득한 육십 대 이탈리안 아저씨가 갓 고등학교를 졸업한 친구들과 인생의 모험과 경험을 나눈다. 자신이 더 오래 살았다고 해서, 더 많이 알고 옳다고 고집하지 않는다. 이탈리아에서 온 사람은 맛있는 피자를 굽고 멕시코에서 온 사람은 타코를 만들고 프랑스에서 온 사람은 멋진 와인을 판다. 그래서 이 섬엔 맥도날드도, 피자헛도, 스타벅스도 없다. 먹고살기 바빠 남 일에 관심을 가질 수 없다는 핑계는 이곳에선 통하지 않는다. 섬에 사는 사람들은 기부금을 모아 유기 동물을 돕는 애니멀 클리닉을 후원하고 꼬따오 구조대 활동을 돕는다. 가족, 친구, 연인, 사회, 세계에 대한 믿음과 희망을 이 섬의 커뮤니티를 통해 회복했다.

30년 훌쩍 넘게 한국에서 '안 되면 되게 하라'라는 말을 신념처럼 따르며 안간힘을 쓰고 살았는데 이곳에선 그 나쁜 버릇을 버리는 법을 배우며 살고 있다. 안 되는 게 있다. 안 되는 건 그냥 두는 게 맞다. 하루 종일 아무것도 안 하면 죄의식이 느껴지는 사회에서 나고 자란 나는, 하루를 비워 충만하게 썼다면 돈으로 환산할 수 없는 가치를 창출한 거라 생각을 바꿨다.

"안 돼"라는 말만 듣고 살아온 어린 시절 피아노, 진학, 유학, 여행 등 모든 것의 '안 되는' 이유가 바로 돈이었다. 알게 모르게 독버섯처럼 피어난 돈에 대한 복종심과 열등감, 무력감이 삶에서 지분을 넓혀갔다. 이 섬에선 잘 사나 못 사나 티셔츠에 플립플롭 하나만으로 족하다. 섬을 통틀어 신호등 하나 없고 스쿠터로 아무리 빨리 달려도 시속 30킬로미터라 페라리로 으스댈 수도 없어 부자가 좋아하는 섬도 아니다. 자연스럽게 돈에 대한 열등감에서 벗어나며 과연 무엇으로 충만하고 행복한 사람이 될 수 있는지 생각하게 됐다. 죽어라 억지로 노력하지 않아도, 끝없이 남과 비교하지 않아도, 좋아하는 일이라면 꼭 누굴 밟고 올라서지 않아도, 일등하지 않아도 충분히 행복할 수 있는 삶. 나 자신 그대로 꾸미지 않고 자연스럽게 사는 삶. 아 그렇구나, 이렇게 살아도 되는 거구나.

이 섬엔 각자의 나라에서 한때 잘나가던 CEO, 엔지니어, 의사, 회계사, 비즈니스맨이었던 사람도 많다. 하지만 이곳에선 모두 그저 하루하루 삶을 축복하고 기념하는 사람들 중 하나다. 이들의 삶의 태도에서 배울 게 많았다. 이른 아침 일어나 바다에 빠져든다. 그리고 뭍으로 올라와 선셋을 보며 맥주를 마시는데 갑자기 뱃속에 나비가 날아다니는 느낌이 들었다.

이 모든 게 일상이 되어간다는 행복과 설렘 그리고 두려움이었다.

외딴섬의
외국인 노동자

내가 떠난 한국은, 그리고 세상은 나 없이도 잘만 돌아간다. 이 세상에 내가 없으면 안 되는 줄 알고 착각하던 때도 있었다. 조직과 사회에서 내 역할은 언제든 대체 가능하다는 걸 잘 알면서도 그걸 인정하긴 힘들었다. 인정하면 뒤처지지 않을까 불안해 위태롭게 붙잡고만 있었다. 놓는 건 한순간인데 그 순간을 위한 담금질이 오래 걸렸다. 알고 있던 걸 막상 행동으로 옮기고 나니 당혹스럽다. 나 없이 잘만 돌아가는 세상이 얄밉기까지 하다. 괜한 짓을 했나 후회도 된다. 이제 어디서 삶의 의미를 찾아야 하나. 에라 모르겠다, 어떻게든 되겠지.

나 없이도 세상은 잘만 돌아가니 세상에 빚진 사람 같던 삶의 태도에서부터 일단 벗어났다. 내가 사실은 별거 아닌 존재라는 것. 지금까지 늘 부정하고 외면하려고만 했던 사실을 인정하는 순간 내 안에 무겁게 버티고 있던 자존심을 벗어던지고서야 가벼워졌다. 내가 아무것도 아닌 존재라는 건 언제 어디서든 어떤 존재든 될 수 있다는 더 큰 자유를 의미했다. 그제야 비로소 자존감으로 충만해졌다.

이 섬에서 나는 명함이 없지만 생물학적 출신은 숨길 수 없다. 피부색과 눈동자, 머리카락이 말해주는 국적과 출신지. 해외에서 한국인의 포지셔닝은 일본과 중국 사이 어디쯤이다. 몇 년 전 푸켓 여행을 마치고 한국으로 돌아가는 공항에서였다. 공항 활주로에 작은 화재가 났고 그로 인해 푸켓발 인천행 비행기는 기약 없이 지연됐다. 중국인들은 한데 모여 공항이 떠나가라 소리를 질러대며 떠들기 시작했다. 한국인들은 여기저기 돌아다니며 깔고 앉거나 누울 만한 종이 상자를 구했다. 그리고 항공사 직원에게 수시로 현재 상황을 확인하며 기민하게 대응했다. 이 광경이 한눈에 들어오니 흥미로웠다. 사람과 사회를 관찰하기 좋아하는 에디터 출신인 나는, 자신이 나고 자란 사회와 문화로 형성된 '국민성'에 대해 생각했다. 화장실에 가려는데 가려진 복도 안쪽 공간에 일본인들이 삼삼오오 모여 앉아 조용히 상황을 예의 주시하는 모습이 보였다. 그렇다. 한국인은 일본과 중국 사이 어디쯤이다.

아무리 한국에 지쳐 도망쳐 왔다고 하더라도 세상 어딜 가든 내가 한국에서 나고 자랐다는 사실을 숨길 수 없다. 아무리 부정해도 태어나고 자란 문화와 정서가 결국 그걸 드러낸다. 하지만 의도치 않게 여러 가지 이유로 이 섬에서 나는 유러피언 커뮤니티에 속하게 되었다.

갈색 눈과 검은 머리처럼 내가 가진 문화는 사람들과 부딪히며 크고 작은 스파크를 일으켰다. 누군가를 만나면 "밥 먹었어?"를 인사말로 묻는 한국 사회. 이 인사를 영어로 직역해 물으면 외국 친구들은 대부분 데이트 신청하는 줄 안다. 밥을 굶던 가난한 시절에서 유래된 인사말을 "밥 안 먹었으면 나랑 같이 밥 먹을래?"로 받아들이는 것이다. 그들은 서로 밥 먹었는지 챙겨 묻지 않는다. 아니 그렇게 묻지 않아도 되는 나라들이다. 무엇이든 나눠 먹는 것이 일상인 나는 식사 자리에서 "이거 먹어볼래?" 하고 몇 번 음식을 권했다가, 깜짝 놀라는 친구의 반응에 어리둥절했다. 이 친구들은 아무리 배가 고파도 내 음식, 남의 음식 구분이 철저하다. 한 상에 둘러앉아 찌개 냄비 하나를 두고 여럿이 숟가락 담그는 식문화를 경험하지 못한 친구들과 식사하는 게 한동안 불편하고 조심스러웠다. 이들에겐 '쏜다'는 개념도 없다. 내 생일에 모두 모인 친구들은 내가 저녁 값을 치르려 하자 소스라치게 놀라며 말렸다. 하늘이 두 쪽 나도 이들은 '더치페이'다. 이제 이게 더 익숙하다.

아무리 외딴 작은 섬이라 해도 내 나라가 아닌 남의 나라다. 당연히 불편함을 감수해야 한다. 출신 국가의 권력을 들먹거리는 친구들도 이따금 마주한다. 완벽하지 않은 영어를 가지고 농담하는 영어권 친구들 때문에 초반엔 기가 죽어 말을 잘 안 했다. 사람들은 내가 부끄러움이 많고 말이 없다고 생각했지만 그럴 리 없었다. 나는 한국에서 말과 글을 가지고 놀던 사람이다. 가만 생각해 보니 내 잘못이 아니다. 모국어인 영어만으로 전 세계 어딜 가도 의사소통이 되는 나라, 전쟁을 일으키고 식민지를 건설한 탓에 영어를 전 세계로 뻗어나가게 한 나라, 그들에게 들리는 내 영어가 원어

민 같지 않다고 해서 의기소침할 이유가 전혀 없었다. 여긴 그들의 나라도 나의 나라도 아닌 태국이다. 여기에서 영어를 무기 삼아 으스대는 건 총칼을 사랑하는 호전적인 나라의 후손이라는 걸 스스로 인정하는 것이다.

생각을 고쳐먹은 후론 가끔 어색한 표현을 쓰거나 이상한 발음이라고 나를 놀리는 친구들에게 말한다. "내 모국어는 한국어고 영어는 제2외국어야. 내가 한국어를 얼마나 기가 막히게 잘하는지 알려줄 수 없어 안타깝다. 너희들이 한국어를 조금이라도 할 수 있었다면 시도라도 해볼 수 있는데" 하고 만다. 한편 매일 영어만 쓰며 살다 보니 갑자기 한국어 단어가 생각나지 않거나 어휘력이 줄어든 걸 느끼는 날도 있다. 그래도 미드를 열심히 본 덕에 어학연수나 유학 한 번 안 가본 내가, 이렇게 타국에서 영어로 다이빙을 가르치며 먹고사는 중이다. 참 알 수 없는 일이다.

내일이 불안정한 인생은
자유롭다

　순전히 다이빙이 좋아서 한국을 떠나 들어온 타국의 이 아름다운 외딴 작은 섬에서 다이빙으로 먹고사는 외국인 노동자가 되었다. 한국 국적에 검은 머리칼과 눈동자를 가지고 파란 눈에 금발 머리, 나보다 평균 체형이 훨씬 더 큰 친구들에게 영어로 다이빙을 가르치게 된 것이다. 물론 이곳에서도 끊임없이 나 자신을 증명해야 했다. 하루에도 몇 번씩 짐을 싸서 한국으로 돌아가고 싶다는 생각을 했다. 서럽고 외로울 때도 많았다.

　우리 모두 스스로 인종차별주의자가 아니라고 믿는다. 하지만 각각의 문화권에서 태어나 자라면서 받는 모든 교육에는 백인 우월주의가 알게 모르게 숨겨져 있다. 이제 막 고등학교를 졸업하고 동남아로 배낭여행 온 유러피언 친구들이 많은 섬이라 대부분의 다이빙 센터는 마켓 구별이 확실하다. 다이빙 강사는 구사할 수 있는 언어가 많을수록 일을 더 많이 할 수 있다. 그것이 다이빙을 시작하면서부터 영어로 교육이 가능한 강사가 되기 위해 노력한 이유이기도 하다.

물론 해가 비치는 날도 비가 오는 날도 있다. 한 덴마크 가족은 내가 동양인이라는 이유로 강사 교체를 요구했다. 동양에서 온 선생에게 한 번도 무언가를 배워본 적 없는 백인들은 불편할 수밖에 없다. 서양은 동양을 가르칠 수 있지만 그 반대는 여전히 어색하고 자존심이 상하나 보다. 처음 겪는 일도 아니었다. 매니저는 명백한 인종차별이라는 걸 인정하면서도 손님인데 어쩌겠느냐, 어깨를 으쓱하며 유러피언 강사로 교체했다. 그날 밤 우울한 마음으로 거울을 보며 스스로에게 말해줬다. 나는 내가 한국인인 게, 아시안인 게 자랑스럽다고.

매번 코스를 시작하는 순간부터 유러피언 교육생들의 의심 어린 눈초리가 쏟아진다. 감당해야 한다. 동양인에 여자, 왜소한 체구, '쟤가 우리 강사라고?' 말은 안 하지만 얼굴에 쓰여 있다. 알면서도 모른 척한다. 심리적으로 위축되지만 '내가 생각해도 나는 꽤 괜찮은 다이빙 강사다' 주문을 외운다. 어색한 분위기에서 다이빙 코스 교육이 시작된다. 이론 수업, 수영장 교육, 바다 교육, 자신들이 직접 다이빙을 해보고 이게 얼마나 쉽지 않은 건지 알게 되면서 그들의 눈빛이, 나를 대하는 태도가 조금씩 변한다. 친구들 각각의 장단점을 빠르게 캐치하고 대응하며 안전을 지키고 카리스마 있게 리드하는 나를 깔끔하게 인정한다. 유러피언 친구들은 이게 좋다. 고고하고 난 체하지만 일단 상대방의 실력을 보면 깔끔하게 인정한다.

재미있고 모순되게도 한국어가 모국어인 내가 영어로 외국인들에게 다이빙을 가르친다고 할 때 '안 될 거야'라고 말한 사람은 한국인뿐이었다. 나 역시 말도 안 되는 일이라 생각했다. 오히려 영어가 모국어인 친구들의 응원과 도움, 'Why Not?'이라는 질문이 이 모든 걸 가능케 했다. 그로 인해 이 작고 아름다운 외딴섬에서 전 세계에서 모여드는 여행자들이 가져온 문화와 정서, 이상과 철학을 배우고 경험하며 살 수 있게 됐다.

작고 외딴 외국 섬에서의 모든 시간과 경험은 '소수자', '약자'에 대한 각성제다. 나는 한국에서 사는 내내 '다수자', '강자'에 속하진 않아도 '소수자', '약자'는 아니라고 생각했다. 오만하고 그릇된 생각이었다. 누구나 어떤 식으로든 '소수자'이자 '약자'다. 자신의 나라도 아닌 곳에서 아무렇지 않게 인종차별을 휘두르는 또 다른 외국인들을 통해 역으로 겸손과 관용을 깨우쳤다.

자연스럽게 동양인으로서 서구 문화에 갖고 있던 열등감에서 점차 벗어나게 됐다. 이 또한 어쩔 수 없는 한국인으로서 나고 자란 문화의 영향이다. 어릴 때부터 미국은 꿈의 나라요, 유럽은 우리보다 월등하고 합리적이고 실용적인, 우리가 따라야 할 선진국이라 배웠다. 그래서인가. 미국과 유럽은 선망 그 자체다. 반대로 우리는 동남아 국가에서 한국으로 건너와 일하는 외국인 노동자들에겐 무심과 차별과 혐오를 마음껏 퍼붓는다. 이 섬에서 외국인 노동자로 살아오며 그동안 한국에서 알게 모르게 교육받고 체득한 우월감과 열등감, 어리석은 고정관념을 씻어내야 했다. 인종과 관계없이 모든 인간은 완벽하지 않고 서로 영향을 주며 배우고 나아가는 그저 연약한 존재일 뿐이다.

4대 보험은커녕 유급 휴가도 생리 휴가도 없는 다이빙 산업계에서 동양인 여자로서 일한다는 건 멋져 보이지만 그만큼 희생하고 감내해야 할 것이 많다. 다이빙을 하는 만큼, 코스를 가르치는 만큼, 수입이 생기기 때문에 아파서 하루 쉬면 그만큼 못 번다. 그래서 아파도 참고 다이빙을 나가는 경우가 많았다. 가만 보니 나만 늘 그렇다. 유러피언 친구들은 손가락에 조그만 상처만 나도 쉰다. 감기에 걸리거나 피곤하거나 심지어 숙취에 시달릴 때도 쉬어버린다. 쉬는 것도 경험이고 교육이다. 교육을 잘 받았기에 참 잘 쉰다. 한국 사회의 조직이라면 자신을 희생할 줄 모르는 배은망덕하고 은혜도 모르는 놈들로 치부되겠지만 이 친구들에겐 아프거나 불편하거나 일할 기분이 아닐 때 쉬는 건 너무 당연하다.

나는 여전히 아파도 웬만큼 참을 만하면 다이빙을 하는 편이다. 거창한 책임감이나 희생정신이라기보다 코스를 함께하던 교육생이 다음 날 덜컥 다른 낯선 강사에 넘겨지면 행여나 느낄 당혹감이 걱정돼서다. 특히 다이빙은 심리적 요인에도 영향을 받기 때문에 최대한 안정적이고 편안하게 배우는 게 좋다. 어릴 때부터 서비스업 아르바이트를 섭렵했고 사람을 많이 만나는 잡지사 에디터 일을 했다. 모든 삶의 경험이 다이빙 강사로서의 지금을 더 단단하고 빛나게 만든다. 그래서 내가 가르치는 다이빙 코스도 더 단단해지고 빛이 난다. 세상에 쓸데없는 경험은 없다.

다이빙 센터에서 일하면 힘쓸 일이 많다. 탱크와 장비를 비롯해 무거운 짐을 많이 나른다. 여자니까, 체구가 작으니까, 연약해 보이니까 도와주려는 동료 강사들이 많지만 한두 번 도움을 받기 시작하면 끝이 없다. 지금껏 봐온 멋진 여성 다이빙 프로페셔널은 남성과 동등하게 체력이 요구되는 힘든 일을 똑같이 한다. 나 역시 그렇다. 탱크를 많이 만지고 나르다 보면 팔다리에 절로 근육이 생기고 손바닥은 굳은살과 물집으로 가득하다. 몸을 쓰는 일은 정직하다. 일의 흔적이 몸에 기록으로 남는다. 자연스럽게 내 몸을, 건강을, 체력을 살필 수밖에 없다. 한국에서 나를 괴롭히던 불면증이 이곳에 와서 사라졌다. 일 년에 몸살감기 한두 번 말곤 크게 앓아

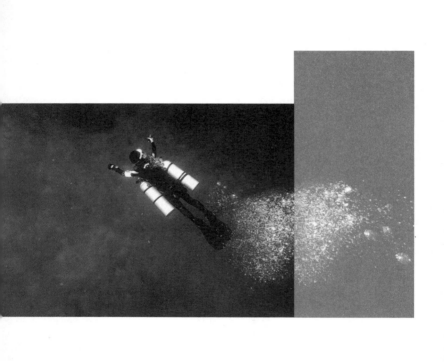

본 적도 없다. 타이트한 속옷과 하이힐, 긴장과 스트레스로 가득했던 일상이 바다와 햇빛, 모래, 그리고 땀으로 바뀌었기 때문이다.

한국에서 나는 그 오랜 시간을 사람들 사이에서 시간과 공간을 헤매며 방황했다. 언제나 한결같이 내 자릴 못 찾고 서성이기만 했다. 어차피 인생이란 외롭다는 걸 알았고 어차피 외로울 거 어디에서 외로울지 정도는 선택할 수 있어야 좀 덜 억울하지 않나 싶었다. 이 섬에서 나는 아무것도 아니다. 이곳에서 다이빙 강사로서 내 자리 역시 언제든 대체 가능하지만 적어도 내가 선택한 곳이니 후회는 없다.

무엇보다 이곳에서 나를 더욱 평화롭게 만든 건 더 이상 사랑받기 위해 애쓰지 않아도 된다는 안도감이었다. 누군가에게 사랑받고 인정받으려 애쓰지 않아도 나대로 괜찮다는 걸 이 섬에 와서야 깨달았다. 사랑으로 가득 채워야 할 것은 타인과의 관계뿐만 아니라 나 자신이라는 걸 알았다. 가식과 겉치레 없는 온전한 자신을 스스로 사랑하는 것, 절대 쉽지 않다. 내가 자란 문화권에선 자신을 앞세우고 스스로를 들여다보는 게 희생이 부족한 이기심으로 치부되지만 어떤 문화권에선 너무나 당연하다. 끊임없이 소모되고 닳아 없어지는 자신을 인지조차 못 한 채 거짓 미소를 띠며 스스로를 갈아 먹고 사는 사람보다 이기적이고 무례하다 손가락질 받아도 진정 행복해 웃는 사람이 되고 싶었다.

앞으로 한 달 후, 1년 후, 어디서 뭘 하고 있을지 모른다는 불안이 덮칠 때도 있다. 정년이 보장된 일도 아니고 고정된 수입이 있는 것도 아니다. 아픈 만큼 못 버는 일을 직업으로 삼은 대가다. 곰곰이 예전의 모습을 떠올려 본다. 잘나가는 직장에 나쁘지 않은 연봉을 받던 그때는… 불안하지 않았나? 행복했나?

물론 가치관의 차이다. 선택은 각자의 몫이다. 자신이 원하는 걸 하면 된다. 예전의 나는 그랬다. 앞으로 한 달 후, 1년 후, 10년 후의 모습이 그려지지 않으면 미칠 것 같은 때가 있었다. 그래서 더 회사와 사회, 집단에 집착했다. 적어도 잘리진 말아야겠다, 무조건 버텨야겠다는 생각이었다. 그런데 결국 내 발등을 내가 찍었다. 내가 진짜 두려워했던 건 결국 권태의 시간, 아무 일도 일어나지 않는 오늘과 뻔히 예상되는 내일이었다. 차라리 불안정하고 예측 불가능한 미래가 나왔다. 적어도 그런 삶이 맞는 사람이었다. '불안정'을 대신할 '자유'라는 적합한 단어를 삶에 썼다. 그리고 그 단어에 대한 확신은 세상 누구도 대신 만들어주지 않는다. 내가 할 일이다. 책임도 내가 진다.

파라다이스의
소수자

이곳은 모순의 섬. 면적 21제곱킬로미터에 인구 이천 명 남짓인 이 작은 섬에서도 사람들은 서로 미워하고 시기하고 질투하고 혐오한다. 동시에 서로 사랑하고 연민을 품고 도움을 주고받으며 연대한다. 태국의 외딴섬 꼬따오에는 중앙 정부의 영향력이 크게 미치지 않는다. 나는 이곳을 망망대해에 떠 있는 '무정부 국가'라 부른다.

섬에 경찰서가 하나 있긴 하지만 경찰은 꼬따오 주민이 겪는 불편을 이래저래 해결해 주는 '홍반장' 역할에 가깝다. 섬에 거주하는 사람들은 대부분 외국인이기에 모두 이 섬을 빌려서 산다는 마인드다. 누구도 이곳의 주인임을 자처하지 않지만 모두 이곳을 '제2의 홈'이라 부른다. 그래서 로컬들은 서로 조심하고 존중한다. '섬'이라는 지리적 특성도 한몫한다. 이 작은 섬에서 누군가와 등져봐야 마주칠 수밖에 없다. 길 가다 모르는 사람과 눈이 마주치면 열에 아홉은 미소로 답한다. 이 작은 섬 커뮤니티의 자정 능력은 거대하고 아름답다.

시스템이 없는 곳에서도 여전히 그 존재를 느낄 때가 있다. 꼬따오에서도 느끼는 정치의 힘이다. 수년 전 태국 군사정권이 쿠데타를 일으킨 이후 태국에 사는 수많은 외국인들은 비자 문제로 수난을 겪었다. 다이빙 강사 시험 며칠 전 90일 체류 기간 대신 7일 체류 허가를 받아 혼이 나간 적이 있다. 알고 보니 당시 태국 고위 관료 가족이 관광을 위해 한국에 입국하려다 거절당했다는 게 이유였다. 그게 나랑 무슨 상관인데? 대한민국 여권을 가지고 있다는 이유 하나만으로 얼굴도 모르는 사람들의 힘자랑에 은근한 보복을 당해야 했다. 아무리 작고 외딴섬에 꼭꼭 숨어 살아도 때론 국제 정치와 외교의 영향에서 벗어날 수 없다.

잡지 에디터를 그만두고 한국을 떠나는 데에 큰 영향을 미친 건 세월호 참사였다. 잡지 판에서 폭로된 '열정페이' 사건도 그중 하나였다. 정치적 발언을 많이 하기로 유명한 맛 평론가 황교익과의 인터뷰에서 그는 이렇게 말했다. 서민이 먹는 쌀 값, 반찬 값, 채소 값, 생선 값 모두 정치로 결정되는 거라고. 그는 음식이 가장 정치적인 영역이라고 했다. 맞는 말이다. 그래서 나는 글로, 또 광장에 나가 끊임없이 싸웠다. 지금도 바다에 들어가면 가끔 세월호에 탔던 아이들이 생각난다. 어그러진 정치 시스템에 희생된 수많은 약자를 생각한다. 어른으로서의 책임과 양심, 부끄러움, 죄책감을 오늘도 기억한다.

스페인에서 배낭여행 온 친구들에게 다이빙을 가르친 적이 있었다. 세 친구 중 하나가 청각장애인이었다. 물속에서 인간은 말을 못 하기에 다이버들은 모든 소통을 수신호로 한다. 그 친구는 그제야 자신에게 맞는 세상을 찾았다. 물속은 지상에서의 패러다임이 뒤집히는 곳이다. 물속에선 제아무리 말을 잘하는 사람도 그 능력은 무용지물이 된다. 들리는 사람이 더 많아 듣지 못하는 친구가 지상에서 받아왔을 혐오와 차별, 농담이 물속에선 아무것도 아닌 게 된다.

이 섬에선 동성 커플을 자연스럽게 만날 수 있다. 고국과 도시, 커뮤니티에서 인정받지 못하는 사람들이 조금이라도 더 자유로워질 수 있는 곳이기 때문이다. 나는 이 섬에서 다이빙하며 전 세계에서 출발해 세상을 떠도는 수많은 사람들을 만난다. 성소수자, 신체적 장애가 있는 사람들, 마음의 장애가 있는 사람들, 소통에 문제가 있는 사람들, 중독으로 고통받는 사람들, 죽을 고비를 넘긴 사람들, 인종과 출신 국가로 인해 차별받고 무시당하는 사람들, 같은 이유로 누군가를 차별하고 혐오하고 무시하는 사람들 등등. 그런 다양한 사람들이 모여 서로 기대어 사는 섬이 꼬따오다.

하지만 '파라다이스'라 불리는 이 섬에도 끔찍한 인종차별과 혐오는 여전히 존재한다. 이 세상 끝까지 도망쳐도 인간의 본능인 혐오와 차별에선 자유로워지지 못할 것이다. 인간이란 원래 연약한 존재이기 때문이다. 혼자선 세상을 마주할 자신이 없기에 자신과 비슷한 점을 찾아 내 편을 만든다. 자연스럽게 그렇지 않은 사람들은 다른 편이 된다. 그 과정 자체에서 인간은 소속감과 안전함을 느낀다. 다른 이에게 폭력을 가함으로써 자신의 안위를 우선하는 게 아이러니하다. 인간은 그리도 위선적이고 모순적이고 또 약한 존재이다.

중국인에 대한 조소와 비하, 미얀마 노동자들을 대하는 태국인들의 태도, 아시안을 무시하는 서양인들의 태도를 이곳에서 너무 많이 봐왔다. 나 역시 태국에서 일하는 외국인 노동자로 소수자에 속한다. 소수자는 곧 약자다. '소수자'라는 개념은 상대적이어서 '다수자'에 의해 결정된다. 힘센 다수자들이 먼저 떼로 뭉쳐 하나, 둘씩 떨어져 있는 소수자들을 무시하고 괴롭힌다.

나의 각성은 꽤 늦었다. 내가 얼마나 철없이 거만한 태도로 삶을 살아왔는지 어리석게도 소수자로서 겪는 차별과 혐오, 불이익을 경험하고 나서야 깨달았다. 세상 모든 인간 하나하나는 어떤 식으로든 모두 소수자에 속한다. 이제라도 늦지 않았길 바라며 그동안 무의식적으로 해온 혐오와 차별을 담은 말과 행동이 '그저 농담'으로 정당화되진 않았는지 돌아본다. 오늘도 다시 겸손을 배운다.

현실과 이상 사이,
모순의 시간이 흐른다

2015년부터 시작된 이 섬과의 인연. 타국에서 오래 생활하다 보면 어느새 한국인도 아니고, 태국인도 아니고, 이도 저도 아닌 나를 발견하게 된다. 시스템이 잘 갖춰진 한국의 도시에서 잘 훈련된 사회적 동물이 되어야 한다는 강박에 시달려왔다. 그러다 이 섬으로 도망쳐 들어왔다. 느슨한 시스템과 아름다운 커뮤니티에 반해 오랜 시간을 이곳에서 보내고 있지만 이곳에도 때론 정치가 있고 먹고사는 문제가 앞설 때도 있다. 다이빙이 좋아서 이걸로 먹고 살기로 작정하는 데에 용기가 필요했지만, 그걸 실행에 옮기며 좋아하는 걸 지켜나가는 과정에도 엄청난 용기가 필요하다는 걸 배왔다. 타협도 해야 하고 사업 수완도 발휘해야 한다. 모두 그리 썩 잘하지 못하는 것들이다. 삶이란 얼마나 아이러니한가. 시스템에서 벗어나려 도망친 이곳에서 또 다른 시스템에 들어가기 위해 노력해야 한다니!

트로피컬 아일랜드, 사람들은 매일매일이 햇빛 쨍쨍일 거라 생각하지만 365일, 일 년 내내 날이 좋은 곳은 지구상에 단 한 곳도 없다. 지구가 돌고 달이 차고 기울며 바람이 바뀌고 물이 바뀌기 때문이다. 비 오는 날도 바람 부는 날도 심지어 이곳마저도 추운 날이 있다. 삶도 그러하다. 자연의 이치에서 벗어날 수 없다. 이상을 바라고 떠나온 곳에서도 시간은 흐른다. 그러다 보면 자연스럽게 이상은 현실이 된다. 가끔 한국에 들어가 친구들을 만나면 그들에겐 내가 이 세상에서 가장 부러운 사람이다. 그럴 때마다 이렇게 말한다.

"삶이 고달픈 건 여기나 거기나 마찬가지야. 뭐가 더 나아서 꼬따오에서 사는 게 아니야. 적어도 다른 지점은 선택은 내가 했다는 거지."

여유를 찾아온 곳에서 여유를 잃어갈 때도 있다. 바쁜 스케줄에 치이고 사람에 지친다. 그 와중에도 여유를 잃지 않는 유러피언들의 DNA는 아무리 노력해도 따라잡을 수 없다. 삶을 온전히 즐기는 모습에 질투가 날 정도다. 내 DNA에는 애초에 '쉼'과 '여유'가 없다. 휴가에도 열심히 노느라 더 피곤한 한국인의 DNA를 어쩌지 못한다. 여유가 있어도 쉬는 방법을 아직도 모른다. 그래서 외국에서 한국인은 경쟁력이 높다. 한국에서 하던 것의 반만 하는데도 인터내셔널 다이빙 센터에서 나는 부지런하고 성실하고 열정적인 강사라는 평을 받는다.

어딜 가나 가장 힘든 건 사람이다. 모든 것이 발가벗겨지는 이 섬에선 아무도 자신을 속일 수 없다. 도시의 욕망과 이기심을 그대로 가져온 사람들은 이 아름다운 섬에서도, 그것에서 벗어나지 못한다. 나 역시 그렇다. 수년 전 꼬따오는 섬에서 생긴 쓰레기를 어쩌지 못하고 큰 산을 만들며 지냈다. 누구도 꼬따오가 이렇게 여행자들에게 사랑받는 섬이 될 거라 생각지 못했기 때문이다. 지금은 화물선을 통해 쓰레기를 태국 본토로 실어 나른다. 나에게 다이빙을 배웠던 한국인 손님 중 하나가 바이크를 타고 섬을 돌다 이걸 보고 '미개한 나라'라며 불평했다. 그가 살고 있는 한국의 서울과 수도권은 이제 더 이상 쓰레기를 묻을 곳이 없어 문제인데 그건 모르는 모양이다. 이 섬에서는 자신이 버린 쓰레기가 끝내 어디로 가는지 눈에 보여 불편한 것일 뿐 모든 게 가려지고 감춰진 도시 생활자라고 자신이 더 우월한 사회의 시민인 건 아니다.

한국에선 '로켓 배송'을 혁신의 상징처럼 떠벌리지만 그로 인해 보이지 않는 곳에서, 아니 우리가 보려고 하지 않는 곳에선 그 빠름을 위해 수많은 사람들이 희생되고 있다. 그로 인한 탄소 배출과 환경오염도 심각하다. 모든 게 빠르고 편리해지는 만큼 더욱 더 많이 생겨나는 희생자들, 그리고 점점 더 이기적이고 염치없어지는 사람들. 그들이 만드는 사회, 시스템, 그런 세상에서 최대한 멀어지고 싶을 뿐이다. 이 섬에선 물건을 온라인으로 주문해 일주일 안에 받으면 축배를 들어야 할 정도이지만, 나는 더 이상 외국 친구들에게 한국의 '빠름'을 자랑하지 않는다.

모든 것이 통제되고 계획대로 되어야 안심이 되는 '컨트롤 프릭Control freak'인 나이기에 어쩌면 이 작은 섬이 더 잘 맞는 건지도

모르겠다. 꼬따오보다 훨씬 규모가 큰 이웃 섬 코사무이에만 가도 도로를 쌩쌩 지나다니는 차들과 넘치는 사람들에 어쩔 줄 모르는 나다. 이 섬에 사는 사람들은 대부분 바이크를 주차하고 키를 그대로 꽂아놓는다. 그걸 훔쳐가 봤자 이 섬 안에 있다. 실수로 서로 다른 바이크를 타고 가는 경우도 있지만 결국 모두 주인을 찾아간다.

이 섬에 사는 친구들끼리 농담으로 주고받는 '꼬따오 총량 보존의 법칙'이 있다. 한 사람이 이 섬에 들어오면 누군가는 반드시 이 섬을 떠나 균형이 맞춰진다는 것이다. 그래서 그런지 지난 7년 간 단 한 번도 이 섬에 사람이 지나치게 넘쳐난다고 느낀 적이 없었다. 모든 것엔 다 자연스러운 이치가 있다는 걸 어렴풋이 느끼며 산다. 선 곳이 달라지면 풍경이 달라진다지만 정작 내가 변하지 않으면 파라다이스에서도 전쟁을 치른다. 변화를 얻으러 떠나온 곳에서 정작 자신이 변화하지 않으면 아무것도 바뀌지 않는다. 파라다이스에서 불행한 건 도시에 갇혀 불행한 것보다 더한 고통이다.

오늘도 이 섬에선 나를 비롯한 모든 이들이 자신만의 싸움을 이어간다. 이 섬에 들어오는 순간 모든 문제가 마법처럼 한 번에 사라지진 않는다. 죽을 때까지 절대 끝나지 않을 싸움이다. 다만 껴안고 있던 문제를 해결해 나가는 과정과 방법은 달라질 수 있다. 나는 오늘도 나와 화해를 시도한다. 한국에서, 서울에서 무던히 시도하고 또 실패했던 일이다. 정체성과 자존감, 그리고 중심을 찾아 나가는 훈련은 오늘도 계속된다. 과정은 외롭고 더디고 또 고되다. 나에게 상처 주는 것도 나요, 나를 용서하는 것도 결국 나다.

나에게 부끄럽지 않은 내가 되는 것, 내가 마음에 드는 내가 되는 것, 이런 변화가 이 섬에서 나에게 일어나길 바란다. 가장 중요한 건 마음의 상태다. 마음에 무엇을 짓느냐가 문제다. 하지만 늘 짓다가 무너져 탈이다. 그래도 다행인 건 혼자가 아니라는 것. 이 섬에 사는 우리 모두, 이방인이다. 그래서 우리는 친구이자 동지가 된다. 각자의 문제에서 도망쳐 이 작고 외딴섬으로 모여든 사람들, 자신을 사랑하고 탐구하는 사람들이 많이 모여 있는 이 섬은 늘 사랑과 존중이 넘친다. 현실과 이상 사이 그 어디쯤, 모순의 섬에서 모순의 시간이 흘러간다.

라면에
엄마 김치를 얹어

　꼬따오에 들어와 살기 전까진 태어나 한 번도 수개월 이상 집을 떠나본 적이 없다. 생각이 짧아 까불었던 십 대, 세상 무서운 줄 모르고 여전히, 아니 더 까불던 이십 대엔 어떻게든 집을 나오려 버둥거렸다. 자의 반 타의 반 세상 무섭단 걸 정확히 인식하게 된 서른 전후로는 어떻게든 집에서 안 나가고 버티며 버둥거렸다. 그런 내가 다이빙을 하겠다고 제 발로 집을 떠나 이 섬에서 긴 시간을 보내는 동안 일어난 여러 가지 심리적 변화는 어느 때보다 낯설고 또 선명하다.

정서적 유대감이 그리 가깝지 않은 유러피언 사이에서 유일한 동양인이자 한국인으로 다이빙 생활을 시작했다. 가끔은 마음을 툭 터놓고 이야기해 보고 싶건만 영어로 세세한 감정의 선까지 제대로 표현해 낼 수 있을까. 하여 침묵이 때론 더 나은 법이라 입을 닫곤 했다.

　　갑자기 컨디션이 안 좋아 한동안 다이빙을 쉬어야 했다. 바다에 못 들어가고 계속 땅만 밟고 있자니 나의 오랜 버릇 '생각에 생각 꼬리 물기'가 이어졌다. 다이빙을 시작하기 전까지만 해도 평생 도시에 살았다. 30년 훌쩍 넘게 한국에 살면서 단 하루라도, 단 한 시간이라도 아무것도 하지 않으면 죄라고 느꼈다. 잘 다니던 잡지사를 그만 두겠다 하니 "미쳤구나", "앞으로 뭐 먹고 살래", "정신 차려" 같은 말들이 활처럼 날아왔다. 나는 이미 무언가를 끊임없이 해야만 하는 사회적 시스템에 최적화된 사람이었다.

　　단 한순간도 가만히 있질 못했다. 무언가 보든가 읽든가 듣든가 쓰든가 누군가 만나든가, 안 되면 뛰기라도 해야 했다. 말 그대로 온전히 '아무것도 하지 않는다'의 의미를 잘 몰랐다. 그런 내가

'진정 아무것도 하지 않는다'의 의미를 이 섬에서 실체로 마주했다. 이곳에서 다이빙 말고 할 건 그리 많지 않다. 외딴 시골 섬에 산다는 건 도시의 라이프스타일 중 90퍼센트는 포기해야 한다는 의미다. 사람 마음이 참 간사하다. 처음엔 그러고 싶어서, 그렇게 되려고 이곳에 제 발로 찾아온 건데 막상 몸이 안 좋아 다이빙을 한동안 못하게 되니 어쩔 줄 몰랐다.

우울증인가 향수병인가. 아무것도 먹기 싫고 아무것도 하기 싫고 아무 얘기도 하기 싫다. 더군다나 그게 영어라면 더욱. 왜 내가 우리 팀 사람들을 위해 영어로 말해야 하나, 내 모국어는 한국어인데. 괜히 한 번도 하지 않았던 투정이 솟구쳤다. 그러다 이내 '내가 선택한 길인데 이러지 말아야지' 하다가도 금세 이유 없이 화가 나고 또 그러다 무기력해졌다. 가장 간절히 생각나는 게 김치였다. 엄마 김치.

엄마에게 어색하게 메시지를 보냈다. 엄마와 나 사이는 꽤 멀다. 나는 여전히 엄마를 다 이해하지 못하고 엄마 또한 여전히 나를 다 받아들이지 못한다. 엄마에게 몸과 마음이 누더기 같다고 말하지 않았다. 그러면 '거기서 까불지 말고 한국 들어와 얌전히 회사나 다니면서 돈 벌어 시집이나 가'라고 할 게 뻔하다. 그럼 또 싸우겠지. 그냥 김치와 라면을 좀 먹고 싶은데 보내줄 수 없냐고만 했다. 태국 국제 배송은 알 수 없는 시스템으로 세관 담당자 기분 내키는 대로 세금을 부과한다. 그래서 웬만하면 태국 밖에서 들어오는 택배 받을 일을 안 만들려고 했는데 음식은 괜찮겠지 싶었다. 엄마는 타국살이 하는 딸을 위해 평생 안 해본 국제 소포 발송까지 하게 됐다. 엄마는 소포를 보내는 데 한참 걸렸다. 행여나 닦달하면 맘 틀어져 안 보내줄까 그저 조용히 기다렸다. 일주일 정도 지나 드디어 엄마가 보낸 사진 한 장. 커다란 박스에 총각김치, 배추김치, 신라면 세 팩, 맥심 커피믹스 한 팩, 김 스무 봉지를 알차게도 구겨 넣은 모습이었다. "아니 간소하게 보내래도 뭐 이리 많이 보내"라고 했지만 이게 엄마 나름의 애정 표현이라는 걸 안다.

무뚝뚝하고 차갑고 시니컬한, 대한민국에서 '엄마'라는 이름으로 평생의 반 이상을 살아온 여인이다. 이제야 조금이나마 엄마의 차가움과 날카로움의 이유를 이해하기 시작했기에 엄마에게 박스가 너무 커서 세관에서 문제가 될까 걱정이라고 차마 말하지 못했다. 그렇게 엄마의 소포가 한국에서 출발했다. 추적 조회를 해보니 물건은 불과 3일 만에 태국에 들어와 있었다. 그런데 이상하게도 받지 않은 물건에 배송 완료 표시가 뜬다. 엄마가 정성스레 싸 보낸 물건이 태국에 들어왔는데 나 아닌 누군가 이미 받았다니! 한달음에 꼬따오 우체국에 달려가 확인했더니 맙소사, 내 물건이 코사무이 세관에 있다고 직접 거기로 전화해 보란다.

전화를 하니 아니나 다를까 내가 직접 코사무이로 가야 한단다. 아니 엄마가 한국 우체국에서 EMS를 보낼 때 배송비 지불할 거 다 했고 태국에선 음식에 세금이 없는 걸로 알고 있는데 무슨소리냐, 주소가 꼬따오인데 왜 그게 코사무이에 있냐, 적어도 꼬따오 우체국까지 보내주면 가서 세금 내고 찾아오면 되지 않냐고 따졌다. 그랬더니 여권 들고 코사무이 세관에 직접 가서 세관원과 함께 소포를 열어 내용물을 확인한 후 계산된 세금을 지불하고 찾아가라고 했다. 너무 화가 났지만 만약 이 소포를 받길 원하지 않으면 돌려보내겠단 말에 갈 테니 기다려달라고 부탁했다. 어차피 이상황에서 나는 힘없는 외국인 노동자였다.

소포 안 내용물이 돈으로 따지면 얼마 안 되겠지만 '우리 엄마가 보낸' 그 박스를 포기할 수 없었다. 당장 다음 날 찾으러 가고 싶었지만 다이빙 교육 스케줄이 잡혀 있어 나흘 후에나 코사무이로 가는 배를 탈 수 있었다. 나흘이나 더 세관 창고에 있어야 할 엄마의 김치는 이미 쉬어 터졌겠지. 쉰 김치는 괜찮았지만 우리 엄마의 딸 생각하는 마음이 태국인에게 무시당했다는 기괴한 피해망상에 마음이 상했다. 그날 이 섬에 들어온 이후 처음으로 혼자, 많이 울었다. 그날 밤은 태국도 싫고 태국 사람도 싫고 꼬따오도 싫고 모든 게 싫었다. 처절하게 외롭고 서러웠다. 내가 바란 게 무슨 캐비어도 아니고 1등급 한우도 아닌 그저 엄마의 김치였을 뿐인데 그게 내 손에 들리는 게 이리 어려울 일인가. 안 그래도 약해진 몸과 마음에 모든 게 무너지던 끔찍한 밤이었다.

최악의 몸 상태로 다이빙 교육을 끝냈다. 내 마음은 틈만 나면 엄마의 김치에 가 있었지만 교육에 최선을 다했다. 코스가 끝나고 손님이 한국으로 돌아간 후 메시지를 보냈다. "안 좋은 컨디션에도 잘 도와주셔서 너무 감사해요. 라면에 김치 얹어 드시고 힘내세요!" 하고. '라면에 김치 얹어'라는 부분을 한참 동안 멍하니 쳐

다봤다. 태어나 살아오며 너무 당연하게 여겼던 '라면'과 '김치'가 이렇게 아름다운 단어였다니. 거기에 '엄마'라는 단어를 더했다. 세상 모든 엄마와 딸은 제각기 다른 역사와 드라마를 갖고 있다. 나 역시 그렇다. 엄마와의 이야기는, 그리고 감정은 너무도 복잡해 차마 시작할 엄두도 안 난다. 그만큼 '엄마'는 무거운 단어다.

다음 날 새벽 여섯 시, 배를 타고 코사무이로 향했다. 이미 페리 왕복 티켓으로 큰 지출을 한 상태였다. 항구에 내려 세관을 찾아가 여권을 보여주고 송장 번호를 알려주니 자기들끼리 한참을 쑥덕쑥덕하고는 멀찍이서 커다란 박스를 들고 온다. '엄마다, 저기 엄마 온다!' 그 커다란 박스가 엄마처럼 보였다. 이걸 들고 어떻게 다시 꼬따오로 돌아가나 걱정할 새도 없이 박스를 마주하자마자 함박웃음을 지었다. 세관은 박스를 열어보란다. 송장에 'Food'라고 쓴 거 안 보이냐 했더니 그래도 열어보란다. 박스를 열었더니 엄마가 소포를 보내기 전 사진 찍어서 보내준 그대로 물건들이 자리했다. 김치 상하지 말라고 엄마는 아이스 팩까지 함께 넣었는데 그게 태국 열대 기온에 다 녹아 이미 핫팩이 되어버린 상태였다. 쉰 김치 냄새가 태국 세관 곳곳에 가득했다.

세관 직원들도 멋쩍었는지 이게 다 해서 얼마 정도 되냐고 물었다. 그리고 서로 머리를 맞대고 세금을 계산하기 시작한다. 엄마가 이미 한국 우체국에 지불한 배송비까지 물건 값에 더한다. 그래, 여긴 태국이고 나는 외국인 노동자니까. 그래서 나온 세금은 600바트. "여기까지 페리 타고 물건 찾으러 온 것도 억울한데 왜 이러냐" 하며 울먹였다. 세관은 "이 물건 원하지 않으면 그냥 한국으로 돌려보내면 돼" 하는 말만 반복했다. 세관의 말투와 표정, 모두 기계 같았다.

600바트에 화가 난 게 아니었다. 한국에서 느꼈던 그 기계 같음을 여기에서도 느끼고 있자니 기가 막혔다. 욱하는 마음에 "니들 나한테 돈 뜯어내려고 그러는 거지. 그래, 이거 안 가져갈 테니까 니들이 먹든지 버리든지 마음대로 해!" 하고 세관을 뛰쳐나왔다. 세관 앞 길거리에 주저앉아 펑펑 울어버렸다. 사람들이 쳐다봐도 아랑곳하지 않았다. '그래, 어차피 여긴 내 나라도 아닌데 나도 니들처럼 예의 없이 굴 거야!' 스스로의 옹졸함과 유치함에 부끄럽고 서러워 더 펑펑 울었다. 함께 간 영국인 친구가 말했다.

"진심 아닌 거 알아. 그냥 김치 아니잖아. 엄마가 보낸 사랑이 잖아. 내가 들어가서 찾아올게, 여권 줘봐."

눈물 콧물 범벅된 얼굴로 고개를 끄덕이며 여권을 내밀었다. 엄마를 그냥 여기에 내버리고 갈 순 없었다. 한참이 지나 친구가 커다란 박스를 들고 웃으며 나타났다.

"자 여기, 엄마 김치."

파란 눈에 금발 머리, 영국식 악센트가 강한 이 친구는 김치가 뭔지도 모른다. 그런데도 친구는 그 박스의 의미가 어떤 건지 정확히 이해했다. 쉰 김치 냄새가 진동하는 박스를 가지고 엄마 없이 스스로 찾은 또 다른 집으로, 배를 타고 스쿠터를 타고 돌아왔다. 향수병인지 우울증인지 무기력증인지 뭔지 모를 마음의 부대낌이 사그라졌다. 엄마를 부정하려는 만큼 사랑하고 있었다.

김치를 용기에 옮겨 담아 냉장고에 넣었다. 그리고 라면을 끓였다. 어린 시절, 부모님이 일찍부터 맞벌이를 하는 바람에 엄마가 해준 음식에 대한 기억이 그리 많지 않다. 혼자서 간단하게 끼니 때우기 좋았던 음식이 라면이었다. 라면은 애처롭고 외로웠던 유년 시절 대부분의 시간을 채워준 음식이다. 라면에 김치를 얹어 천천히 한 입 넣었다. 그게 마치 무슨 거창한 의식이라도 되는 것처럼. 행복하고 서글프고 그립고 평화로웠다. 그 순간의 감정은 어떤 언어로도 설명하기 힘들 것 같다.

기력을 많이 되찾았다. 여전히 냉장고엔 엄마의 신김치가 있고 싱크대 찬장은 라면과 김으로 채워져 있다. 괜히 마음 든든하고 배가 부르다. 어떤 힘든 일이 생겨도 라면에 김치 얹어 한 그릇 뚝딱하면 모든 게 괜찮아질 것 같다.

외딴섬에서
사랑을 시작하면

괜한 고백부터 하자면 나는 사랑을 주고받는 것에 고약할 정도로 서툴다. 어릴 적 우리는 모두 사랑에 서툴렀고 서로 인지하지 못한 채 숱한 상처를 주고받았다. 여러 번 이별을 겪으며 배우는 게 사랑이라는데 시간이 지날수록 모든 게 더 어려워지기만 했다. 아무것도 모를 땐 차라리 누군가를 만나고 사귀다 헤어지는 게 쉬웠다. 누군가와 끝없이 부딪히고 상처를 주고받는 시간을 지나 오롯이 혼자만의 시간을 가지고 나서야 그동안 인지조차 못한 채 누군가에게 준 상처가, 내가 받은 상처만큼이나 크다는 걸 깨달았다.

나 빼고 다들 잘만 사랑하고 사는 것 같다. 언제나 그렇듯 다시 혼자다. 문제의 원인을 찾는답시고 나라는 사람의 내면을 기웃거린다. 어릴 적 큰 사랑을 못 받아서인가, 성격이 너무 모나서인가, 자존심이 강해서인가, 예쁘지 않아서인가, 말투가 문제인가, 옷 입는 게 문제인가, 화장이 별로인가, 별의별 게 다 문제 같다. 결국 본전도 못 찾고 가까스로 자기 비하와 기만의 늪에서 헤매다 빠져나오면 또다시 사람에게 견고한 벽을 쌓는다. 불안정한, 쉽사리 요동치다가도 쉽사리 고요해지는 변덕스러움을 스스로 믿지 못해서다.

그렇다. 사랑이 어려운 이유는 자신을 믿지 못해서다. 상대의 변하는 마음은 감정이니 당연하다는 걸 몇 번의 연애를 통해 인정하고 받아들이게 됐다. 하지만 상대에게 주었다 되가져갈 신뢰와 사랑은 당장 오늘 저녁이 될지 내일 아침이 될지, 나조차 자신할 수 없다. 사람들 앞에서 평생을 함께할 거라 맹세하는 확신은 대체 어떤 감정과 마음의 상태인 걸까? 여전히 궁금하다. 앞으로도 영영 알 수 없을 것 같다. 사랑을 믿지 않는다기보다 사람의 마음을 믿지 않아서다.

내가 사랑이라 믿었던 순간도 이제 보니 사랑이 아니었다. 첫 사랑만으로 10년 가까이 난리를 치렀다. 시간이 지난 지금 그것을 사랑이라 부를 수 있는지 확신이 안 선다. 집착이든 질투든, 자신을 투영시킨 게임이든 경쟁이든 어쨌든 사랑은 아니었다는 게 점점 분명해진다. 그리움도 그렇다. 그 시간, 그 장소, 그 마음을 가졌던 그때의 나와 그를 그리워했던 것이지 지금 다시 그를 만난다고 해도 우리는 절대 그때와 같지 못할 것이다. 그래서 그마저도 그리움이라 하지 않겠다. 기억 혹은 추억이 적절하겠다. 그렇다고 사랑을 잘 가꾸며 지속하지 못한 내가 부끄럽거나 못났다고 자책하지 않는다. 나는 언제나 최선을 다했다.

사랑에 서툴렀을 땐 누군가를 만나면 늘 '평강 공주'가 되었다. 온달이 빛나도록 조용히 뒷바라지를 했다. '순정', '순종', '순결' 같은 단어들로 채워진 여자가 되어야 하는 줄 알았다. 같은 이유로 그렇지 않은 여자들을 같은 여자이면서도 손가락질했다. 부끄러운 시간이었다. '사랑'이란 이름으로 스스로 많은 걸 용인했다. 욕망을 드러낸 적은 단 한 번도 없다. 내 일을 똑 부러지게 하면서 온달의 일까지 돕는 여자 친구 역할은 어렵지 않았으나 점점 지워지는 내 이름 앞에 '○○ 여자 친구'가 붙기 시작하면서 이제 이런 건 그만 해야겠다고 다짐했다.

태국 작은 외딴섬에 옮겨 사는 우리들은 '아일랜드 릴레이션십'이라는 단어를 쓴다. 자신이 나고 자란 곳을 떠난 전 세계 사람들이 여기 모여 있다. 우리는 각자 속해 있던 커뮤니티에서 '아웃사이더'였고 저마다 상처와 고통을 가지고 있다. 그리고 모두 외롭다. 그래서 이 섬에선 사람을 만나기 쉽다. 한편, 같은 이유로 사람을 만나기 더 어렵기도 하다.

대부분 이 섬에서 몇 주 혹은 몇 달만 머물렀다 가기에 모든 것은 암묵적으로 '일시적인' 관계다. 내 스타일은 아니다. 그걸 오히려 즐기는 사람도 있다. 모든 건 개인의 자유와 판단, 책임감으로 이뤄진다. 이 섬에서 오래 지낸 로컬들은 친절하지만 사람에게 상처받지 않으려는 방어막이 동시에 느껴진다.

일시적이든 지속적이든, 하룻밤이든 수십 년이든, 상대가 누구든 이 섬의 모든 사랑은 아름답다. 이 작은 섬에선 모든 것이 충돌한다. 서로 다른 인종, 성별, 문화 등이 부딪히고 파편을 튀기며 불꽃을 낸다. 사방이 바다로 둘러싸인 이 작디작은 섬에서 사귀다 헤어지면, 고등학교에서 남자 친구를 사귀다가 헤어진 것처럼 끊임없이 마주쳐야 한다. 이 섬에서 받은 상처를 안고 떠나는 이도 상처를 간직한 채 남는 이도 있다. 그리고 이 섬에서 상처를 치유하는 이도 많다.

'한 사람이 나에게 올 때 그의 과거와 현재, 미래가 함께 온다'는 정현종의 시*처럼 나는 '관계'에 지나치게 신중한 사람이다. 본성 자체가 '엔조이'나 '원 나이트 스탠드'가 불가능하다. 가뜩이나 외로운 인간이 친밀한 관계 속에서도 외로운 것만큼 고통스러운 것도 없다. 나는 지레 기대하고 짐작하고 그래서 일찌감치 실망한다. 만나는 남자에게 경쟁심과 자격지심을 느끼거나 반대로 혐오를 느끼며 관계를 끝낸다. 이것은 결국 모든 관계가 자기 연민과 자기혐오에서 출발했기 때문에 반복해서 벌어지는 일이다. 사랑을 하기엔 자격미달이라 스스로 벌을 줬다. 그렇게 한동안 섬 같은 시

●　　정현종, 〈방문객〉

간이 흘렀다. 인간은 모두 제각각 떨어진 섬이다. 물이 빠지면 잠시 연결되었다가 물이 차면 또다시 제각각 섬이 된다.

섬에 살기 시작하면서 누군가를 사랑해야 한다는, 또 누군가로부터 사랑받아야 한다는 강박에서 벗어나 한결 자유로워졌다. 태어나 지금까지 누군가에게 사랑받기 위해 내 모습을 감추거나 속이거나 꾸며왔다. 그래서 사랑은 언제나 힘들고 불편하고 지치는 것이었다. 하지만 이제 안다. 그것은 사랑이 아니었다. 진정한 사랑은, 진정한 관계는 서로를 자유롭게 하고 빛나게 하는 것이라고 믿기로 했다. 사랑에 속았다 해서 사랑의 존재 자체를 부정하지 않기로 했다.

"I deserve better."

한동안 이 섬에서 사귀던 친구와 헤어지며 한 말이다. 그 어떤 연애 관계에서도 더 이상 나를 희생하지 않기로 한다. 나는 우아한 진심과 응원과 애정을 받을 만한 가치 있는 사람이다. 누군가가 가치를 알아주길, 보상해 주길 기다리지 않고 스스로 사랑하고 보살

피기로 한다. 건강하지 않은 사람과의 관계는 어떤 핑계를 댈 필요도 없이 담백하게 끝내기로 한다. 자신을 제대로 사랑하지 못하면 어느 누구도 제대로 사랑할 수 없다는 것을, 사람과 사람의 충돌과 불꽃이 끊임없이 일어나는 이 작고 아름다운 섬에서 오늘도 배운다.

우리의 영혼은
모두 바다로 간다

아는 사람 하나 없는 이 작고 외딴섬에 처음 혼자 들어왔을 땐 두려움보다 설렘이 더 컸다. 앞으로 어떤 일이 벌어질지 어떤 사람들을 만나게 될지 알 수 없어서. 당장 내일이 궁금한 건 살면서 참 오랜만이었다. 회사에서 안 잘리고 이대로 잘만 버티면 향후 몇 년의 삶이 뻔히 내다보이던 서울 생활에서 도망친 게 은근히 통쾌하기도 했다. 다만 누구를 대상으로 한 통쾌함인지는 여전히 알 수 없었다.

프로페셔널 다이버 트레이닝을 위해 꼬따오에 있는 여러 다이빙 센터를 신중하게 알아봤다. 전 세계에서 모인 젊은이로 가득한 사교적 분위기의 대형 다이빙 센터부터 작고 아담한 가족형 다이빙 센터까지 분위기도 다르고 트레이닝 스타일도 달랐다. 하지만 인터내셔널 다이빙 센터에서 영어로 트레이닝을 받아야겠다는 기준은 분명했다. 여기저기 돌아다니면서도 끝내 마음을 정하지 못한 채 찾은 한 다이빙 센터. 화려했던 과거의 명성을 뒤로하고 스러져가던 곳이었다. 늦은 오후 열대 섬의 후끈한 기운이 조금 식어갈 무렵, 태국식 작고 낮은 테이블에 앉아 담배를 태우며 차를 마시던 60대 영국 할아버지와 눈이 마주쳤다. 그 공간에서 눈을 마주칠 사람은 사실 그뿐이었다. "다이빙을 하고 싶은데…" 하고 영어로 더듬더듬 말하자 그의 얼굴에 함박웃음이 피어났다. 다음 날 오후 그와 함께 다이빙을 했다. 아마 내 인생에서 가장 나이 많은 다이버와 함께한 다이빙으로 남을 것이다. 그리고 가장 편안하고 아름다웠던 다이빙으로.

　　다이빙은 이래야 한다. 따뜻하고 평화롭고 포근해서 한국을 떠나면서까지 본격적으로 시작하고자 결심한 다이빙. 이를 위해 기꺼이 바꾸기로 한 내 삶. 다이빙을 지속하는 삶을 위해 프로페셔널 다이버가 되어야겠다고 다짐하면서 다이빙은 넘어야 할 목표와 미션이 되었고, 경쟁심과 압박, 스트레스는 또다시 엄습했다. 그러던 차에 우리 아빠뻘인 사람과 함께한 다이빙은 다시 한 번 내가 왜 다이빙을 시작했고 이 섬까지 오게 됐는지 돌아보게 했다. 다이빙을 마치고 바로 마음을 정했다. 이곳에서 다이빙 커리어를 쌓아야겠다고. 바로 그 테이블에 앉아 있던 다이브마스터 케빈 때문이었다.

이 섬에서 15년 가까이 다이빙 강사로 살아온 클라우드가 다이빙 센터의 유일한 트레이너였다. 선택의 여지없이 그는 나의 멘토가 되었다. 영국식 조크와 런던 슬랭으로 가득한 티타임으로 매일 아침을 시작했다. 시니컬한 영국인 클라우드와 젠틀하고 다정한 영국인 케빈이 옥신각신하는 걸 들으며, 70퍼센트 정도 알아듣는 영어 실력으로 어색하게 싱긋거렸다.

가끔 클라우드는 평소보다 더 깊은 동굴을 파고 들어가 한동안 나오지 않았다. 몇 년 전 태국인 여자 친구가 암으로 투병하다 세상을 떠나서라고 했다. 그는 여전히 자신만의 방식으로 애도 중이었다. 언제나 틱틱거리고 까칠하면서도 은근히 사람들을 잘 챙겨 미워할 수 없는 묘한 매력을 풍기는 사람이었다. '세상 누구도 이 사람은 다이버로 못 만들 거야'라며 모두가 포기할 때도 희한하게 그와 함께하면 좋은 다이버가 됐다. 당시 초보 강사인 내 눈엔 그가 마법이라도 부리는 것 같았다. 눈을 크게 뜨고 그의 티칭을 지켜봐도 어떻게 그런 마법을 부리는지 알 길이 없었다. 다이빙과 티칭 스킬부터 삶에 대한 애티튜드까지 그에게 많은 걸 배웠다.

다이브마스터를 거쳐 다이빙 강사가 되기까지 스스로 한계를 정하고 그걸 뛰어넘지 못해 자책하거나 아직 가보지 않은 길 앞에서 망설이는 나를 뒤에서 밀어주고 앞에서 끌어준 게 바로 클라우드와 케빈이었다. 외국인에게 영어로 다이빙을 가르쳐야 하는 압박감과 콧대 높은 유러피언들을 상대하며 자꾸만 낮아지는 자존감과 자신감도 그들의 도움과 지지로 서서히 회복됐다. 나는 그렇게 좋은 다이버이자 강한 트레이너가 되었다. 그들이 없었다면 지금의 나 역시 없었다. 아는 사람 하나 없던 꼬따오에서 나를 보듬어준 첫 가족이었다. 그리고 꼬따오에서 잃은 첫 가족이 됐다.

언젠가 클라우드는 자신이 세상을 떠나는 순간 다이빙을 하고 있었으면 좋겠다고 말했다. 한국에서 온 잡지사 후배가 다이빙 코스를 마치고 다시 한국으로 돌아가기 싫다고 푸념하자 클라우드는 한쪽 눈을 찡긋하며 "One day at a time"*이라 말했다. 유독 그의 말이 아직까지 기억에 남는 건 얼마 후 클라우드가 어느 보통의 날 아침 자신만의 '원 데이 앳 어 타임'을 그만두기로 했기 때문이다.

코스가 시작되기로 한 아침이었다. 교육생들이 모여 기다리는데 그가 나타나지 않았다. 몇 년간 그가 다이빙 수업에 늦는 걸 한번도 본 적이 없었다. 느낌이 이상했다. 다이빙 센터와 가까운 그의 집에 들어가 마당을 둘러봤다. 그가 10년 넘게 길러온 강아지 '재미'가 반갑다고 안겼다. 무심결에 집안을 쓱 둘러보고 인기척이 없어 센터로 돌아왔다. 그러고도 기별이 없어 이번엔 친구와 함께 다시 그의 집에 갔다. 뒷마당을 확인하고 나온 친구의 얼굴을 보는 순간 알았다. 그가 거기 있음을.

* 내일 걱정 말고 오늘 하루에 집중해.

그 뒤론 기억이 잘 나지 않는다. 울며불며 고함을 지르며 맨발로 다이브 센터까지 뛰어왔고 쓰러졌다. 정신이 들었다 나갔다 했다. 몇 시간 후 클라우드의 페이스북 계정에 〈은하수를 여행하는 히치하이커를 위한 안내서〉의 대사 "So Long and Thanks for All the Fish"가 예약 포스팅으로 올라왔다. 난생처음 태국 경찰서에 가서 진술을 했다. 하필 그 기간은 케빈이 가족을 만나러 영국에 간 시기이기도 했다.

케빈에게 전화를 걸었다. 시차 때문에 자다 깬 케빈의 "헬로" 한마디에 오열했다. 케빈은 다음 날 비행기를 타고 꼬따오로 돌아왔다. 클라우드의 홀어머니는 몸이 불편해 영국에서 태국까지 이동하기가 불가능한 상황이었다. 꼬따오의 유일한 가족인 우리가 그의 장례를 치렀다. 섬에 있는 유일한 사원에서 화장을 한 뒤 그가 가장 좋아했던 다이브 사이트 '그린 락'에 유해를 뿌렸다. 얼마 후 그가 남긴 마지막 말을 새겨 넣은 기념비를 만들어 같은 곳 바닥에 가라앉혔다. 얼마 후 클라우드가 키우던 강아지 '재미'도 세상을 떠났다.

이 섬에 들어오며 가졌던 설렘과 환상은 한순간에 비극이 되었다. 나를 힘들게 한 건 클라우드의 죽음 자체보다 그의 죽음으로 드러난 사람의 민낯이었다. 전 세계에서 알지도 못하는 사람들이 메시지를 보내 "클라우드가 왜 자살을 했냐?"며 따져 물었다. 마치 그의 자살을 막지 못한 나를 나무라는 것 같았다. 나조차 모르는 이유를 설명할 수 없었다. 클라우드와 그리 가까웠고 잘 아는 사이라면 그가 그 사람들을 모를 리가 없을 텐데. 평소 연락도 잘 하지 않던 사람들이 왜 이제와 그가 세상을 떠났다는 사실에 슬퍼하고 애도하기보다 죽음의 이유와 가십에 관심을 두는지 이해할 수 없었다. 화가 났다. 사람들이 미웠다. 그러지 않아도 이미 어둡고 깊은 자책에서 헤어 나올 수 없는 지경이었다. 다이빙도 이 작은 섬도 아름답다 여겨왔던 이 섬의 커뮤니티도, 사람도, 내 삶도 모두 산산조각 났다. 알게 모르게 여기저기 안밖으로부터 조금씩 상처를 입었고 오래도록 피가 배어 나왔다. 하지만 그땐 그 고통조차 느끼지 못했다.

한국에 있는 엄마는 당장 돌아와 심리치료부터 받으라고 했다. 나는 짐을 싸서 한국으로 돌아가는 대신 바닷속 세상을 처음

만났던 일본 이시가키 섬으로 떠났다. 다이빙 입문 과정을 도와준 다이빙 강사이자 프랑스 친구 벤이 여전히 그곳에 살고 있었다. 그곳에 도착한 후로도 벤은 무슨 일이 있었냐며 따져 묻지 않고 그저 말없이 나를 기다렸다. 그렇게 시간이 지나고 짙은 어둠이 깔린 한밤중 달빛 아래에서 내가 겪은 일을 조용히 그에게 들려줬다. 영어로 감정을 표현하니 마치 그 감정이 내 것이 아닌 듯 객관화됐다. 밖에서 안을 물끄러미 바라보는 느낌, 나와는 아무 상관없는 일을 기술하는 것 같았다. 그러자 아지랑이처럼 흐릿하고 뒤엉켰던 모든 것이 점차 선명해지고 분명해지기 시작했다. 클라우드는 스스로 세상을 떠나기로 택했다. 미리 알았다면 그래서 그의 자살을 막을 수 있었다면, 그의 삶은 달라졌을까. 그가 세상을 떠나기로 한 이유를 내가 수백, 수천 가지를 떠올린들 그게 이제와 무슨 소용이 있을까. 앞으로 사는 내내 이 죄책감과 슬픔과 분노를 가지고 살아갈 것인가. 나는 스스로 용서받고 구원받을 수 있을 것인가. 앞으로 다시 어떻게 살 것인가.

내가 애정을 갖고 가꾸던 것은 모두 상처로 귀결된다. 가족, 친구, 커뮤니티, 회사, 나라, 지구. 규모와 성격만 다를 뿐 스스로 상처투성이라 이름표를 붙인 나는 이 세상 어떤 관계에서든 계속 상처만 받을 뿐이다. 클라우드의 죽음으로 자괴감에 빠져 스스로를 괴롭힌 나머지 자기 파괴에 가까워지도록 상처를 마주하고 들여다본 후, 결국 다시 태국 꼬따오로 돌아가기로 했다.

희망이었던 섬이 저릿한 상처가 되었다. 그렇다고 도망만 다닐 순 없었다. 평생을 살던 한국에서 이 외딴섬으로 도망쳤는데 여기에서 또다시 도망치면 계속 도망만 다니게 될 것 같았다. 슬픔과 절망과 외로움, 인간의 민낯을 인정하고 마주하기로 했다. 감정을 인정하고 받아들이는 것 자체가 치유의 시작이라는 걸 깨달았다. 스스로 못 본 척, 모른 척했던 감정을 마주했다. 그리고 조금씩 나 자신을 용서하기 시작했다. 때론 누구의 잘못도 의도도 아닌 일이 생기기도 한다. 받아들여야 한다. 이 세상과 삶의 모든 걸 통제할 수 없다. 왜 이 세상 모든 사람들은 나에게만 상처를 주는지 억울해 울부짖던 외침도 멈췄다. 모든 상처는 결국 스스로 만든 것이었다.

다시 섬에 돌아와 다이빙 강사 일을 이어갔다. 아이러니하게도 가까이에서 아끼고 존경하던 이의 죽음이 가르쳐준 비밀은 바로 '삶' 그 자체였다. 죽음이 있기에 유한하고 아름다운 삶. 그가 어떤 삶을 살았다고 느끼는지 클라우드 자신 말곤 말해줄 사람이 없으나 긍정적이든 부정적이든 그가 살다 간 45년간의 경험 자체가 하나의 삶인 거니까. 그에 의미를 두면 나는 지금 괜찮다. 다이빙 팬츠를 고이 세탁해 접어두고 세상을 떠난 그의 마음을 이제는 어렴풋이 알 것도 같다. 세상에 '좋은' 삶과 '나쁜' 삶은 없다. 우리는 그저 어떤 형태로든 나름의 삶을 살다 갈 뿐이다. 모든 삶은 빛나며 소중하다. 그래서 남은 삶을 더 충실하게 살기로 했다.

클라우드가 떠나고 몇 년 후 서로 기대며 돌보던 케빈도 세상을 떠났다. 꼬따오에서 만난 태국인 여자 친구와 함께 섬을 떠나 태국 북부 시골마을로 이사 간 지 얼마 안 되어서였다. 며칠 전에도 영상 통화로 내게 사랑과 응원을 전하던 이 섬의 아빠 같은 존재였다. 내가 다이브마스터가 되었을 때도, 강사가 되어 첫 교육생을 가르칠 때도, 이후 커리어를 발전시켜 갈 때도, 다른 대형 다이브 센터로 스카우트되어 떠날 때도, 케이브 다이빙에 도전하기 위해 멕시코로 떠날 때도, 그리고 다시 이 섬으로 돌아왔을 때도 언제나 케빈이 거기 있었다.

입수 전 다이빙 보트에서 케빈이 아침에 깨어나지 않았다는 소식을 들었다. 바닷속에서 한참을 조용히 울었다. 영국에 있는 케빈의 딸 엠마에게 소식을 전했다. 그의 가족은 팬데믹 때문에 태국에 올 수 없는 상황이었다. 케빈의 장례식은 온라인으로 치러졌다. 그래서 지금도 케빈의 죽음이 현실 같지 않다.

시간이 지날수록 기억은 점점 망각의 바다로 빠져간다. 끔찍한 기억을 지우려는 본능이다. 클라우드와 케빈의 죽음은 일어난 적 없는 상상처럼 점점 멀어져간다. 이십 대와 삼십 대의 나에게 '죽음'이라는 건 에디터 시절 인터뷰했던 영화감독이나 뮤지션과 나누던 추상적인 대화 소재였다. 얼마나 교만하고 어리석었나. 이 섬에서 처음으로 죽음이 곁에 가까이 맴도는 걸 체감했다. 그리고 한없이 겸손해졌다. 엄마, 아빠, 주변 가까운 모든 이의 죽음에 대해 생각했다. 이 모든 상념은 결국 나 자신의 죽음으로 이어진다. 아직도 모자라고 부족하고 갈 길이 먼 나는 여전히 죽음이 끔찍하게 무섭고 두렵기만 하다. 마지막 순간을 예상하거나 직접 결정하고 통제할 수 없다면, 지금 할 수 있는 건 주어진 삶의 1분 1초를 살아내는 것뿐이다. '메멘토 모리', 죽음을 기억하며 사는 삶 말이다.

케빈이 떠난 이후 그가 헤어질 때면 입버릇처럼 하던 말 "Be Good"을 추모비에 새겨 바닷속 클라우드 옆에 내려놓았다. 오래된 커플처럼 늘 옥신각신하던 두 사람이 이제 바닷속에서 영국식 차를 마시며 축구 얘기도 하고 내 흉도 보며 지낼 모습이 선하다. 사람들의 영혼은 죽음 이후 모두 어디로 가는지 궁금했다. 이제는 그 영혼이 바다로 간다고 믿는다. 내가 사랑했던 그리고 사랑하는 사람들은 모두 바닷속에 있다.

피터 팬의 섬에선
행복하지 않아도 괜찮아

다이빙이 좋아 전 세계 곳곳에서 여기까지 파도처럼 떠밀려온 사람들. 이곳은 '파라다이스'인 동시에 '피터 팬의 섬'이기도 하다. 이곳에서 살려면 수많은 피터 팬을 상대해야 한다는 의미이기도 하다. 나의 예민함과 소심함, 그리고 나약함은 이따금씩 이 섬의 또 다른 피터 팬과 작은 충돌을 일으킨다. 어쩌다 보니 한국에서 멀리 떨어진 작고 외딴섬까지 떠내려 오게 됐다. 그저 다이빙이 좋아서, 사람들과 부딪히지 않고 바닷속에 있는 시간이 좋아 온 곳이라지만, 이곳에서도 역시 사람들과 섞여 살 수밖에 없다. 마음 같아선 바닷속 고래처럼 평생을 물속에서 살고 싶으나 인간으로 태어났기에 다이빙으로 잠시 그 꿈을 이룬다. 바닷속 시간이 아무리 황홀하고 꿈같아도 수십 분이고 수 시간이다. 물속에 머물다 언제고 뭍으로 올라와야 하는 운명을 받아들이고 '네버랜드'에도 적응하며 살아야 한다.

한국에서도 내내 이방인으로 지내왔기에 해외에서 이방인으로 지내는 것엔 익숙하다. 영어로 다이빙하며 먹고살다 보니 가끔은 한국어로 우아하게 표현했던 감정을 미처 토해내지 못하고 목끝에서 거를 때가 있다. 영어로 다이빙을 배우고 프로페셔널이 되어, 영어로 다이빙을 가르치기로 결심한 건 언어가 가진 권력을 너무 잘 알기 때문이다. 지구라는 별에 사는 절대다수의 사람들이 영어를 쓰는 건 아니지만 해외로 다이빙 여행을 다닐 만한 여력이 되는 사람들은 대부분 영어를 쓴다. 세계 질서를 컨트롤하는 사람들이 대부분 영어를 쓰고 그렇지 못한 사람들은 정보에서 소외된다. 불공평하고 불편한 사실이지만 글과 말의 힘을 누구보다 잘 아는 나로선 어쩔 수 없이 받아들여야 하는 운명이기도 하다.

언어가 가난하면 감정 또한 가난하다. 영어론 한국어만큼 내 감정을 완벽히 표현하기가 쉽지 않다. 그런데 어떨 땐 같은 이유로 그게 또 자유롭다. 언어와 문화가 다른 친구들은 그 문화만이 가진 뉘앙스나 제스처를 세밀하게 읽는 데 한계가 있기 마련이다. 때문에 언제, 어디서, 누구에게 내 솔직한 감정을 드러낼지 선택할 수 있다. 전직의 습관을 버리지 못하고 무엇이든 말과 글로만 표현하는 데 익숙했던 나는, 이 섬에서 배운다. 세상에는 말과 글 말고도 무궁무진한 소통의 방법이 있음을.

한국 친구들과는 자연스레 소원해진다. 그들 세계와의 공통점이 사라져가기 때문이다. 그들은 나의 세계를 '파라다이스'라 단정 짓고 나 역시 그들의 세계를 '가식과 자학으로 가득한 세상'이라고 단정 지었기 때문이다. 하지만 지속 가능한 삶을 위한 고군분투는 거기나 여기나 형식과 방법만 다를 뿐 여전하다. 도시 생활에서 가장 힘들었던 건 '권태'였다. 권태에서 벗어나기 위해 도시에서 끊임없이 쓰고, 듣고, 떠들고, 친구들과 어울리며 여기저기 기웃거렸다. 뭔가 더 새로운 것, 더 멋진 것, 더 특이한 것을 찾기 위해서였다. 이 섬에서 끊임없이 들숨과 날숨을 반복하며 수년 째 다이빙해오고 있지만 난생처음 여태 권태감을 느끼지 않았다. 가슴 뛰는

첫 다이빙이 희미해지고 설레던 첫 다이빙 교육이 기억에서 사라져 가지만, 여전히 바닷속은 내 생명과 부활의 근원이다. 오늘을 살고 또 내일을 살아갈 수 있게 해주는 의미다.

도시에선 무엇 하나에 꾸준하지 못하고 항상 흔들리고 부대끼는 게 어느새 자격지심이 되었다. 수십 년째 직장 생활을 해온 아빠, 엄마가 매일 같이 현관문을 나서면서 몰래 내쉬었을 한숨이 얼마나 값진 것인지, 도대체 왜 나는 그렇게 성실하고 참을성 있게 희생하며 살 수 없는지에 대해 끊임없이 스스로 채근했다. 도시에서 살 때는 어떻게든 멋지고 거대해지려 했다. 금메달 같은 거 하나는 목에 걸어야 어디에 내놔도 괜찮은 거라 생각했다. 오랫동안 나 자신에게 엄격했다.

하루에도 수 시간을 바닷속에서 하릴없이 배회하는 지금은 더 이상 행복해지려 혹은 스스로 세상에 가치 있는 사람이라 증명하려 애쓰지 않는다. 바다라는 거대한 우주에 먼지 같은 존재인 나를 경험한 이후부턴 특별해지려고 애쓰지 않는다. 이미 나는 우주의 일부로 특별한 존재라는 걸 깨달았기 때문이다. 행복해지려

는 강박은 오히려 진정한 행복을 느낄 찰나마저 빼앗는다. 행복해지지 않을 권리 또한 행복할 권리만큼 중요하다. 행복해질 필요가 없으면 사람들은 행복해지려고 노력하지도 않을 것이다. 이 섬에 사는 지금의 나처럼. 도시를 가득 채운 자격지심과 무기력함에서 벗어나 자존의 섬으로 떠난 여자, 그래서 결국 이 섬에서 배운 건 '행복하지 않아도 괜찮아'였다.

이 섬에서는 벌거벗고 사는 느낌이다. 나는 바다와 지구와 우주의 일부요, 이 세상 누구도 나보다 잘나거나 못나지 않았다. 인종, 성별, 종교, 나이, 성적 취향을 떠나 모든 인간의 존재가 나에겐 같다. 내가 가진 신발은 플립플롭 하나가 전부요, 그 마저도 없으면 맨발이다. 몇 벌 안 되는 낡은 티셔츠와 반바지는 항상 젖어 있고 헝클어진 머리는 바다의 짠내 가득이다. 태양에 그을린 얼굴색을 화장으로 밝게 바꿀 필요도 없고 화려한 드레스와 장신구로 꾸미지 않아도 된다. 이 섬에 사는 모두가 같은 걸 원해 흘러들어 온 사람들이기 때문이다. 내가 살던 한국의 도시를 바꾸진 못했지만, 내가 살고 싶은 방향을 추구하는 사람들이 모여 있는 곳을 찾았다. 그리고 이곳에서 살기로 선택했다.

섬에서 배를 타고 버스를 타고 몇 시간 지나면 닿는 태국의 다른 도시는 여전히 생경하다. 도로에 차들이 가득하고 쇼핑몰과 글로벌 프랜차이즈 투성이인 공간을 휘둥그레진 눈으로 바라보는 나는 영락없이 엄한 곳에 불시착한 피터 팬이다. 나 없이도 세상은 잘만 돌아가는데, 왜 그토록 애쓰며 살았나. 외롭다. 하지만 그래서 자유롭다. 진정한 자유는 진정한 외로움이다. 세상에 태어나 가장 두려웠던 순간 난생처음 용기 내 발을 디딘 이 섬에서 자발적으로 고립을 택한 내가 만난 건 광활한 바다와 우주다. 나는 이 세상에서 아무것도 아닌 동시에 모든 것이다.

누구나 한번쯤 격하게 외로워야 한다. 그러면 세상을 보는 눈이 바뀐다. 결국, 외로움이 또 다른 외로움을 위로한다. "결핍이 대상을 파괴하면서 제 결핍을 재확인하는 길은 욕망의 길이고, 결핍이 다른 결핍을 어루만지면서 제 결핍마저 넘어서는 길은 사랑의 길이다"라는 신형철*의 말을 좋아한다. 이 섬에서 사랑을 배운다. 깊은 바닷속에 몇 시간 들어갔다 나온다고 해서 그곳에 자랑할 만

* 신형철, 《몰락의 에티카》, 문학동네

한 큰 업적을 남기고 오는 것도 아니다. 그저 오늘 하루도 몇 번이고 내가 별거 아닌 존재라는 걸 바닷속에서 느끼고 나오길 반복하면서 삶을 낯설게 성찰한다.

오늘도 나 자신과 내 숨소리만 있는 그곳에서 삶을 배운다. 바다와 육지 그 사이 어딘가에서 언제나 이방인이다. 세상 어디에도 속하지 못한 나를 더 이상 비난하지 않기로 한다. 스스로에게 좀 더 관대해지기로 한다. 그러면 다음엔 다른 사람에게 그리고 이 세상에 관대해질 수 있겠지. 그렇게 점점 섬이 되어간다. 지금의 그런 내가 꽤 마음에 든다.

깊은 밤
바닷속에서

　수년째 겨울옷 없는 삶을 살고 있다. 트렁크 하나로 정리되는 삶을 유지하려니 무언가 하나를 살 때마다 '정말 필요한가' 고민하게 된다. 이곳이 내 집이 아니란 생각 때문이 아니라 덜 사고 덜 쓰고 덜 욕망하고 덜 추구하는 '가벼운 삶'에 매료되었기 때문이다. 플립플롭 하나로 1년이 족한 트로피컬 섬에 살면서 진정한 '명품'의 의미를 다시 생각했다. 사람들이 명품 브랜드에 미치는 이유는 자신을 알아봐 주길 바라는 욕망의 배설 때문이다. 허나 알아주는 사람이 없는 곳에선 명품 브랜드의 의미를 찾을 수 없다. 이 섬에선 람보르기니를 몰고 다녀도 부러움을 사지 못한다.

세상 사람들이 '파라다이스'라 부르는 곳에 오래 살다 보니 삶 자체가 여행이고 방랑이다. 당연하게 생각했던 것들이 더 이상 당연하지 않게 되는 것이 여행일진대 이미 이곳에서의 모든 것을 당연하게 여기지 않기 때문이다. 매일 아침 눈 뜨면 보이는 바다, 하늘, 그리고 정글, 이 당연한 것이 여전히 당연하지 않다. 나는 이곳에서 당장이라도 나가라고 하면 나가야 하는 외국인, 그리고 이방인이다. 이상과 현실의 충돌이 하루에도 여러 번 일어나는 이곳의 삶을 당연하게 여길 수 없다.

안정감과 익숙함을 피해 도망친 이곳에서의 불안정함과 낯섦은 선택에 대한 대가이자 책임이다. 나는 위험하게 살고 있음을 또한 그렇게 살 수밖에 없음을 인정하기로 한다. 바닷속에서 나는 비로소 불안정하고 불완전한 모습을 드러낼 수 있다. 다이빙은 유한하다. 영원히 바닷속에 머물지 못하고 언제고 다시 뭍으로 나와야 한다. 그러면 소라게처럼 껍질 속에 숨어 또다시 바닷속을 꿈꾼다. 뭐가 그리 힘들고 뭐를 그리 피하고 싶어 자꾸 바닷속으로 들어가는가. 외로움, 분노, 질투, 자격지심, 불안 등 뭍에서의 그리고 삶에서의 다양한 감정의 도피가 아닐까. 태어나 자란 사회 환경에서 알게 모르게 내 안에 가장 깊은 뿌리를 뻗은 감정이 바로 자격지심이다. 돈과 권력이 있는 집에서 태어났다는 이유만으로 '금수저'라는 타이틀이 붙는다면 언제나 그 반대 개념인 '흙수저'가 존재한다.

한국에서 82년에 태어나 자란 나는 내 의지와 상관없이 '밀레니얼 세대', '88만 원 세대', '아프니까 청춘'으로 불리며 살았다. 사회라는 시스템은 이름 붙이길 좋아한다. 이 모든 건 그저 마케팅의 대상으로 붙여진 이름일 뿐, 사회는 그런 나를 조금도 걱정하거나 신경 쓰지 않는다. 하지만 우리는 그저 받아들인다. 사회가 명한 타이틀에 맞게 분수를 지키며 열심히 산다. 그 사회에 길들여져 '흙수저'라는 꼬리표를 붙이고 분수에 맞을 만한 그룹을 찾아 안간힘을 써가며 스며든다. 그리고 결국 '사는 게 다 그런 거지 뭐'라고 생각하며 체념 속에서 살아가기 싫었다. '금수저'가 될 수 있다는 신기루를 좇으며 열심히 노력하며 사는 것도 지쳤다. 그렇다. 나는 '열심히 산다'는 콘셉트에 지쳐버렸다.

새침하고 깔끔 떠는 '시티 걸'이었던 내가 작은 외딴섬에서 8년을 보냈다. 굳은살로 딱딱해진 손바닥과 상처투성이 무릎을 내려

다본다. 주근깨, 기미 가득 까무잡잡해진 피부와 염색기가 다 빠진 본연의 머리칼도 눈에 들어온다. 수도권에 살면서 서울로 출퇴근하느라 매일 세 시간 이상을 길 위에 뿌리고도 늘 반짝이고 화려한 것만 쫓아다니던 나는, 지금 모습이 꽤 마음에 든다.

시스템의 딜레마로부터 벗어나 자유로워지기 위해 시스템을 벗어나면 또 다른 시스템에 들어가야 하는 아이러니한 상황에 맞닥뜨린다. 시스템이 싫어 바닷속으로 도망치는데 그러는 데에도 먹고살 돈이 필요하다. 그러니까 나는 계속 바닷속으로 도망치기 위해 돈을 번다. 돈을 벌기 위해 또다시 사람들과 부딪히며 다이빙을 가르치고 마케팅을 해야 한다. 뭍으로 나올 때마다 이 섬의 시스템에서 또 다른 형질의 정치와 사회생활, 이익집단 각각의 이기심에서 생긴 충돌을 겪어내야 한다. 그래도 서울에서 잡지 회사 다니며 생활할 때보다 견딜 만한 이유는 온전히 나를 위해, 내 선택에 의해 직접 하는 일이기 때문이다.

'월급 꼬박꼬박 나오는 직장 다니는 게 마음은 편하지'라는 생각으로 수년간 직장 생활을 연장했다. 하지만 월급은 그냥 나오는 게 아니다. 시간을 바친 대가다. 그것도 회사의 이름과 이익을 위해서. 나라는 사람, 나라는 사람의 삶, 그리고 내 시간의 가치가 나를 잘 알지도 못하는 인사 담당자의 평가에 의해 매겨진다. 내 시간의 가치에 비해 받는 월급은 터무니없다. 여전히 서울에서 직장 생활을 이어갔다면 지금도 누군가를 위해 내 시간을 헐값에 넘기고 동시에 자괴감에 빠져 자책만 했을 것이다. 근본적인 스트레스의 근원을 해결하기엔 역부족이니 매달 월급날 '나에게 주는 선물'이라며 이것저것 쓰지도 않고 쌓아놓을 물건을 사면서 '나는 왜 늘 돈이 없지'라며 허탈해하고 있겠지. 그러면서도 살 만한 삶이라 스스로 최면을 걸겠지.

1936년 창간 당시 〈라이프〉의 발행인 헨리 루스Henry Luce는 선언문 '새 잡지를 만드는 취지A prospectus for a new magazine'를 동료들과 공유했다.

'삶을 그리고 세상을 보자. 엄청난 일들의 증인이 되자. 가난한 이들의 얼굴과 거만한 이들의 행동을 관찰하자. 기계나 군대, 집단, 그리고 정글과 달의 그림자 같은 기이한 물건들을 보자. 그림이

나 건물 그리고 발견을 보고 수천 마일 떨어져 있는 것들을 보자. 벽에 가려진 것과 방 안에 있는 것, 위험한 것, 여성과 아이들을 살피자. 관찰하고 관찰하는 즐거움을 느끼자. 보고 놀라자. 보고 또 배우자.'

한국을 떠나 이 섬으로 오기 전까지만 해도 나는 철저한 '관찰자'였다. 다른 사람들의 삶과 이야기에 집착했던 건, 스스로를 들여다보는 걸 회피하는 방법이었다. 그 진실을 트렁크 하나에 욱여넣은 30년이 넘은 삶을 경험하고서야, 이 섬에 와서야 깨달았다. 짐을 덜어낸 만큼 채워야 하는 것은 바로 나라는 사람의 인격, 그리고 자유라는 걸.

에디터로 일하며 오랫동안 수많은 이의 삶에 기대어 살았다. 그들의 삶을 지면의 이야기로 옮겨내며 어떻게 사는 게 좋을까 고민했다. 내 자격지심은 삶의 곤궁한 경험에서 출발한 것임을 깨달았다. 어렸을 때부터 남들이 삼성, 현대, 엘지에 가고 싶다고 할 때 '삶의 이야기가 풍부한 사람'이 되고 싶다고 말하곤 했다. 서울이 좁았고 한국이 답답했다. 빌딩 숲 사이에 가려진 달빛을 쫓으며 먼 바다를 그리워만 했다. 사람과 돈은 좇아봤으니 이제 바다와 달과 별 가까이 살 차례였다. 이제는 더 이상 애증의 도시 서울과 편리하고 신박한 것이 끊임없이 튀어나오는 '시티 라이프'를 그리워하지 않는다. 외딴 시골 섬에서 8년이라는 시간을 보낸 지금 내 선택의 무게와 그에 따른 책임감도 더 이상 나를 짓누르지 않는다.

이 섬에 들어오기 전까지는 무언가 이뤄야 한다는 의무감에 열심이었다. 인정받으려고 했다. 아는 척했고 실수를 감추려 했다. 이제는 이 세상에서 어느 날 갑자기 사라진다고 해도 이상하지 않을 사람처럼 살기를 원한다. 언제든 떠날 수 있게 가볍게 그리고 자유롭게. 지식보다 경험을 채우며 부끄러워하고 반성하며 사는 삶을 원한다. 기술은 끝없이 발전한다. 중요한 건 그걸 쓰는 사람의 마음이다. 교양이나 지식, 부 역시 같다. 돈이 잘못이 아니라 돈을 가진 사람의 죄다. 이 섬 역시 그렇다. 이 섬에 어떤 문제라도 있다면 그건 이 섬의 잘못이 아닌 이곳에서 살아가는 사람들이 바로 그 문제다.

얼마 전 잠시 한국에 머물 때 부동산 비리로 도배된 뉴스를 보며 아빠에게 무심코 말했다.

"아빠가 평생을 노력해 우리 가족이 이만큼 살 수 있어 다행이야. 이 정도면 충분해. 고마워 아빠. 수고했어. 그리고 내가 다이빙하며 자유롭게 살 수 있게 늘 응원해 줘서 고마워."

이 담백한 대화가 내 삶과 인생, 그리고 내 세상에서 얼마나 중요한 의미인지 불현듯 느껴졌다. 머리와 마음이 뜨거워졌다. '더… 더… 더…'라는 가치보다 '이너프Enough'라는 가치가 마침내 삶의 우선이 되었다는 걸 깨달았다. 몇 년 전 나를 찾아와 다이빙 코스 교육을 받던 한 한국인 친구는 이 섬을 찾은 이유를 "하루하루 살아가는 게 아니라 하루하루 죽어가는 느낌이 들어서"라고 말했다.

타국의 작은 시골 섬 생활을 처음 시작했을 때만 해도 내 여정의 목적은 진정한 '홈'을 찾는 거라 생각했다. 집, 학교, 사회, 어디에서도 소속감을 느끼지 못했던 내가 평생 살아가며 풀어야 할 숙제였다. 명쾌한 답도 없고 안 풀겠다 미룰 수 없는 이 문제가 내내 나를 괴롭혔다. 이 섬에서 몇 년을 보내며 한동안 이곳이 진정한 '홈'이라 여기며 집착한 적도 있었다. 하지만 그 '홈'이라는 개념조차 더 이상 중요치 않다. 가난하기 그지없는 영혼과 마음으로 가

득한 세상에서 수많은 사람과 만나고 부딪히고 헤어지면서 우리는 모두 잠시 스칠 뿐이다. 어디에 머물든 어디에 정착하든 내 마음이 지옥이면 트로피컬 파라다이스 아일랜드도 지옥이고, 내 마음이 천국이면 어디든 천국이다.

아직 도시의 노예근성을 다 버리지 못했다. 여전히 일없이 놀면 불안하고 스스로 한심해하며 자기 검열과 반성을 오간다. 만리 타국에서도 부자 부모가 사준 집에서 좋은 차 굴리며 평생 일 안 하고 맛집이나 다니는 친구들 소식에 여전히 그리고 가끔 마음이 꼬인다. 내 인생의 변함없는 가장 큰 수수께끼는 '권태'이기에 그들의 호화로운 삶이 부럽진 않다. 부자의 권태에는 약도 없다. 불공정과 불공평, 부정한 시스템에 대한 울화도 여전하다. 그래서 더욱 세상에 눈을 돌린다. 오늘도 누군가는 일하다 죽고 억울하게 장사를 접고 데이트하다 죽임을 당한다. 외국인이라서, 여자라서, 성소수자라서, 남들과 다르다고 해서, 차별받고 고통받는 사람들을 더 생각하고 더 헤아리게 된다. 서울에서만, 한국에서만 일어나는 일이 아니다. 인간이 집단을 만들어 사는 어느 곳이든 마찬가지다. 타국의 작은 섬에서 나는 '외국인'으로 나뉘지만 그마저도 유러피언으로 가득한 커뮤니티에서 '아시안'이자 '여성'인 소수자로 또 나뉘기 때문이다.

상처와 폭력에 노출된 어린 시절을 보내서, 그것을 자신의 폭력을 정당화하는 핑계로 이용하는 나쁜 사람들이 있다. 한편 같은 이유로 더 멋진 애티튜드와 배려심을 발휘해 상대에게 더욱 신중히 다가가는 사람들도 있다. 나는 후자가 되고 싶다. 말로 상처를 받아본 사람이 말의 폭력성을 누구보다 잘 안다. 총에 한 번도 안 맞아본 사람이 총 쏘는 시늉을 농담에 섞는다. 자살로 가까운 이를 잃어본 적 없는 사람은 아무렇지도 않게 자살을 웃기는 이야기의 소재로 삼는다. 세상의 온갖 직간접 경험을 바탕으로 시야를 넓혀 그만큼 보고 듣고 생각하고 헤아릴 줄 아는 따뜻한 사람이 되고 싶다.

오늘도 바다에 조용히 점 하나를 찍는다. 바다에 점을 찍는데 한국이면 어떻고 태국이면 어떤가. 수년에 걸쳐 수천 개의 점을 찍어왔건만 바다는 콧방귀도 뀌지 않는다. 나에게 눈길 한 번 안 준다. 야속하다. 인생은 단 한순간도 한 가지 감정이나 색깔로 정의

되지 않는다. 이 섬에서 삶과 죽음, 희망과 절망을 겪었다. 그때마다 바다는 잘했다며 나를 치켜세우지도 더 하라며 재촉하지도 책망하지도 않는다. 그저 내가 바닷속에 잠시 머물도록 허락할 뿐이다. 이곳저곳 방랑하고 또 여전히 방황하는 나는 그 경계 위의 삶에서 나름의 아름다움과 가치를 발견했다. 진정 아름다운 것은 관심을 바라지 않는다. 모든 것은 한없이 간결하고 아름답다.

나는 고래요, 거북이다. 깊은 밤, 바닷속에 침잠하다 잠시 숨을 쉬러 수면 밖으로 고개를 내민다. 불빛들로 수놓인 뭍 세상을 물끄러미 응시한다. 저 세상에 생명이 살아간다는 증거다. 멀리서 보면 모든 건 아름답기만 하다. 그 불빛을 하나 따라 뭍 세상으로 올라가 보면 별의별 희로애락 이야기가 숨겨져 있다. 다이빙을 시작하기 전 이 섬에 오기 전까지만 해도 나 역시 저 뭍 세상 불빛 중 하나였다. 바다와 육지의 경계 위에 서서 검푸른 바다를 바라보며 두려움에 떨기만 했지 발 한번 담글 생각을 못 했다.

이제 시꺼먼 바닷속이 두렵지 않다. 뭍 세상 불빛 이야기에 잠시 귀를 기울이다 이내 다시 바닷속으로 가라앉는다. 바닷속의 삶

또한 나름 고되다. 인생의 수수께끼는 파도처럼 주기적으로 나를 흔든다. 이 세상에 인간을 위한 완벽한 '파라다이스'는 없다. 하지만 진정 모든 것을 내려놓고 정직해질 수 있는 곳, 혼자인데 외롭지 않은 곳은 바다뿐이다. 작은 섬에 도망치듯이 숨어 들어왔지만 너른 바다로 흘러든다. 나는 그렇게 결국 바다가 된다.

책에 들어갈 원고 작업을 마치고 잠시 한국에 다녀왔다. 팬데믹 이후 처음이었다. 그 사이 한국은 더 세련되고, 빠르고, 바빠졌다. 버스와 지하철, 빌딩 숲 유리창은 끊임없이 내 모습을 비춘다. 오래된 습관은 사라지지 않는다. '오늘은 머리가 별로네.' 스스로 점수를 매긴다. 붐비는 도시를 걸을 때면 사람들은 나를 머리부터 발끝까지 훑는다. 아주 우아하고 예의 바르게. 여전히 그렇게 서로 끊임없이 판단하고 평가한다.

나는 스스로를 포함한 세상 누구에게도 오랫동안 솔직하지 못했다. 하지만 화려한 메이크업과 하이힐에 감춰둔 나라는 사람의 자아가 '82년생 아무개' 중 하나로 치부되는 것은 싫었다. 그렇다고 서울에서 도망칠 용기도 없었다. 누구의 잘못도 강요도 아닌데 괜히 피해의식에 휩싸여 억울하고 화난 마음을 감추지 못했다.

자기혐오와 자기 연민을 수도 없이 오가는 담금질 끝에 면적 21제곱킬로미터, 이천 명 조금 넘는 사람들이 사는 섬에 닿았다. 한 해에 이 섬을 찾는 전 세계 배낭여행자들만 수십만 명이다. 견고한 사회 시스템에서 벗어난 나는 느슨한 삶의 여백을 '저마다의 행복을 찾는 사람들'로 채웠다. '행복'마저 모두 같은 방식으로 쫓아야 한다고 강요받던 도시를 떠나 '행복해져야 한다'는 강박 자체에서 벗어났다.

자신을 마주할 용기가 생기면 두려운 것이 없다. 그래서 내 글은 투박하고 거칠고 솔직하면서 반항적이다. 내가 바로 그런 사람이기 때문이다. 자존감에 근육이 붙는다. 내 삶은 아름답고 행복해 마땅하다. 저마다에게 맞는 삶의 속도와 장소와 때가 있다. 당신의 삶도 그러하다.

서울에서 도망칠 용기

ⓒ 조하나 2023

초판 1쇄 인쇄 2023년 8월 17일
초판 1쇄 발행 2023년 8월 24일

지 은 이	조하나	펴 낸 곳	느린서재
펴 낸 이	최아영	출판등록	제2021-000049호
		전 화	031-431-8390
편 집	김선정	팩 스	031-696-6081
디 자 인	데일리루틴	전자우편	calmdown.library@gmail.com
인쇄제본	세걸음	인 스 타	calmdown_library

ISBN 979-11-981944-7-3 03810

• 본 도서는 카카오임팩트의 출간 지원금을 받아 만들어졌습니다.